ちくま文庫

教科書で読む名作

山月記・名人伝 ほか

中島 敦

筑摩書房

カバー・本文デザイン　川上成夫

目次

傍注イラスト・秦麻利子

教科書で読む名作

山月記・名人伝ほか

【凡例】

一「教科書で読む名作」シリーズでは、なるべく原文を尊重しつつ、文字表記を読みやすいものにした。

1 原則として、旧仮名遣いは新仮名遣いに、旧字は新字に改めた。

2 極端な当て字と思われるもの、代名詞・接続詞・副詞・連体詞・形式名詞・補助動詞などの一部は、仮名に改めたものがある。

3 常用漢字で転用できる漢字で、原文を損なうおそれが少ないと思われるものは、これを改めた。

4 送り仮名は、現行の「送り仮名の付け方」によった。

5 常用漢字の音訓表にないものには、作品ごとの初出でルビを付した。

二 今日の人権意識に照らして不当・不適切と思われる、人種・身分・職業・身体および精神障害に関する語句や表現については、時代的背景と作品の価値にかんがみ、そのままとした。

三 本巻に収録した作品のテクストは、『中島敦全集』(全3巻)を使用した。

四 本書は、ちくま文庫のためのオリジナル編集である。

山月記《さんげつき》

発表——一九四二（昭和一七）年

高校国語教科書初出——一九五一（昭和二六）年

三省堂『高校国語　上』

二葉『新国語（六）』

[1]隴西《ろうせい》の李徴《りちょう》は博学[2]才穎《さいえい》、[3]天宝の末年、若くして名を[4]虎榜《こぼう》に連ね、ついで[5]江南尉に補せられたが、性、[6]狷介《けんかい》、自ら恃《たの》むところすこぶる厚く、賤吏《せんり》に甘んずるを潔しとしなかった。いくばくもなく官を退いた後は、故山、[7]虢略《かくりゃく》に帰臥《きが》し、人と交わりを絶って、ひたすら詩作にふけった。下吏となって長く膝を俗悪な大官の前に屈するよりは、詩家としての名を死後百年に遺《のこ》そうとしたのである。しかし、文名は容易に揚がらず、生活は日を追うて苦しくなる。李徴はようやく焦燥に駆られてきた。この頃からその容貌も[8]峭刻《しょうこく》となり、肉落ち骨秀で、眼光のみいたずらに[9]炯々《けいけい》として、かつて進士に[10]登第した頃の豊頰《ほうきょう》の美少年のおもかげは、どこに求めようもない。数年の後、貧窮に堪

1 **隴西**　現在の中国甘粛《かんしゅく》省の東南部。 2 **才穎**　才知がすぐれて抜きんでていること。 3 **天宝**　唐代の年号。七四二—五六年。 4 **虎榜**　進士（官吏登用資格試験）及第者の姓名を掲示する木札。 5 **江南尉**　江南（長江以南の地）の軍事や警察などをつかさどる官。 6 **狷介**　片意地で他人と相いれないこと。 7 **虢略**　現在の河南省にある。 8 **峭刻**　険しくむごいさま。 9 **炯々**　鋭く光るさま。 10 **登第**　試験に合格すること。「第」は、官吏登用試験。

えず、妻子の衣食のためについに節を屈して、再び東へ赴き、一地方官吏の職を奉ずることになった。一方、これは、己の詩業に半ば絶望したためでもある。かつての同輩はすでにはるか高位に進み、彼が昔、鈍物として歯牙にもかけなかったその連中の下命を拝さねばならぬことが、往年の儁才《しゅんさい》[11]李徴の自尊心をいかに傷つけたかは、想像に難くない。彼は怏々《おうおう》[12]として楽しまず、狂悖《きょうはい》[13]の性はいよいよ抑え難くなった。一年の後、公用で旅に出、汝水《じょすい》[14]のほとりに宿った時、ついに発狂した。ある夜半、急に顔色を変えて寝床から起き上がると、何か訳の分からぬことを叫びつつそのまま下にとび降りて、闇の中へ駆け出した。彼は二度と戻ってこなかった。付近の山野を捜索しても、なんの手がかりもない。その後李徴がどうなったかを知る者は、誰もなかった。

　翌年、監察御史《ぎょし》[15]、陳郡[16]の袁傪《えんさん》という者、勅命を奉じて嶺南《れいなん》[17]に使いし、道に商於《しょうお》[18]の地に宿った。次の朝いまだ暗いうちに出発しようとしたところ、駅吏[19]が言うことに、これから先の道に人食い虎が出るゆえ、旅人は白昼でなければ、通れない。今はまだ朝が早いから、いま少し待たれたがよろしいでしょうと。袁傪は、しかし、供回りの多勢なのを恃み、駅吏の言葉を退けて、出発した。残月の光をたよりに林中の草地を通っていった時、はたして一匹の猛虎が叢《くさむら》の中から躍り出た。虎は、あわや袁傪に躍りかかるかと見えたが、たちまち身を翻して、元の叢に隠れた。叢の中から人間の声で「あぶないところだった。」と繰り返しつぶやくのが聞こえた。その声に袁傪は聞き覚えがあった。驚懼《きょうく》[20]のうちにも、彼はとっさに思い当たって、叫んだ。「その声は、我が友、李徴子ではないか？」袁傪は李徴と同年に進士の第に登り、友人の少なかった李徴にとっては、最も親しい友であった。温和な袁傪の性格が、峻峭《しゅんしょう》[21]な李徴の性情と衝

11 **儁才**　才知のすぐれた人。俊才。 12 **怏々**　不平があり心が満ち足りないさま。 13 **狂悖**　常軌を逸していること。
14 **汝水**　河南省崇県の老君山に発して淮河《わいが》に注ぐ川。 15 **監察御史**　官吏を取り締まり、地方を巡行して行政を監視した官。 16 **陳郡**　河南省の地名。 17 **嶺南**　現在の広東省、広西壮族自治区およびベトナムの一部を含む地域。
18 **商於**　河南省の地名。 19 **駅吏**　宿駅の役人。 20 **驚懼**　驚き恐れること。 21 **峻峭**　厳しく険しいこと。

突しなかったためであろう。

叢の中からは、しばらく返事がなかった。しのび泣きかと思われるかすかな声が時々漏れるばかりである。ややあって、低い声が答えた。「いかにも自分は隴西の李徴である。」と。

袁傪は恐怖を忘れ、馬から降りて叢に近づき、懐かしげに[22]久闊《きゅうかつ》を叙した。そして、なぜ叢から出てこないのかと問うた。李徴の声が答えて言う。自分は今や異類の身となっている。どうして、おめおめと故人《とも》の前にあさましい姿をさらせようか。かつまた、自分が姿を現せば、必ず君に[23]畏怖嫌厭《けんえん》の情を起こさせるに決まっているからだ。しかし、今、図らずも故人に会うことを得て、[24]愧赧《きたん》の念をも忘れるほどに懐かしい。どうか、ほんのしばらくでいいから、我が醜悪な今の外形をいとわず、かつて君の友李徴であったこの自分と話を交わしてくれないだろうか。

後で考えれば不思議だったが、その時、袁傪は、この超自然の怪異を、実に素直に受け入れて、少しも怪しもうとしなかった。彼は部下に命じて行列の進行をとどめ、自分は叢の傍らに立って、見えざる声と対談した。都のうわさ、旧友の消息、袁傪が現在の地位、それに対する李徴の祝辞。青年時代に親しかった者どうしの、あの隔てのない語調で、それらが語られた後、袁傪は、李徴がどうして今の身となるに至ったかを尋ねた。叢中《そうちゅう》の声は次のように語った。

　今から一年ほど前、自分が旅に出て汝水のほとりに泊まった夜のこと、一睡してから、ふと目を覚ますと、戸外で誰かが我が名を呼んでいる。声に応じて外へ出てみると、声は闇の中からしきりに自分を招く。覚えず、自分は声を追うて走り出した。無我夢中で駆けていくうちに、いつしか道は山林に入り、しかも、知らぬ間に自分は左右の手で地をつかんで走っていた。何か体じゅうに力が満ち満ちたような感じで、軽々と岩石を跳び越えていった。気がつくと、手先や肘のあたりに毛を生じているらしい。少し明るくなってから、谷川に臨んで姿を映してみると、すでに虎となっていた。自分は初め目を信じなかった。次に、これは夢にちがいないと考えた。夢の中で、これは夢だぞと知っているような夢を、自分はそれまでに見たことがあったから。どうしても夢でないと悟らねばならなかった時、自分は茫然《ぼうぜん》とした。そうして懼《おそ》れた。まったく、どんなことでも起こり得るのだと思うて、深く懼れた。しかし、なぜこん

22 久闊　長く会っていないこと。「久闊を叙す」は、久しぶりに友情を温めることをいう。　23 畏怖嫌厭　畏れ、いとうこと。　24 愧赧　恥じて赤面すること。

なことになったのだろう。分からぬ。まったく何事も我々には分からぬ。理由も分からずに押しつけられたものをおとなしく受け取って、理由も分からずに生きていくのが、我々生きもののさだめだ。自分はすぐに死を思うた。しかし、その時、目の前を一匹のうさぎが駆け過ぎるのを見たとたんに、自分の中の人間はたちまち姿を消した。再び自分の中の人間が目を覚ました時、自分の口はうさぎの血にまみれ、あたりにはうさぎの毛が散らばっていた。これが虎としての最初の経験であった。それ以来今までにどんな所行をし続けてきたか、それはとうてい語るに忍びない。ただ、一日のうちに必ず数時間は、人間の心が還《かえ》ってくる。そういう時には、かつての日と同じく、人語も操れれば、複雑な思考にも堪え得るし、経書[25]の章句をそらんずることもできる。その人間の心で、虎としての己の残虐な行いのあとを見、己の運命を振り返る時が、最も情けなく、恐ろしく、憤ろしい。しかし、その、人間に還る数時間も、日を経るに従ってしだいに短くなっていく。今までは、どうして虎などになったかと怪しんでいたのに、この間ひょいと気がついてみたら、俺はどうして以前、人間だったのかと考えていた。これは恐ろしいことだ。いま少したてば、俺の中の人間の心は、獣としての習慣の中にすっかり埋もれて消えてしまうだろう。ちょうど、古い宮殿の礎がしだいに土砂に埋没するように。そうすれば、しまいに俺は自分の過去を忘れ果て、一匹の虎として狂い回り、今日のように道で君と出会っても故人《とも》と認めることなく、君を裂き食ろうてなんの悔いも感じないだろう。いったい、獣でも人間でも、もとは何か他のものだったんだろう。初めはそれを覚えているが、しだいに忘れてしまい、初めから今の形のものだったと思い込んでいるのではないか？　いや、そんなことはどうでもいい。俺の中の人間の心がすっかり消えてしまえば、恐らく、そのほうが、俺はしあわせになれるだろう。だのに、俺の中の人間は、そのことを、この上なく恐ろしく感じているのだ。ああ、まったく、どんなに、恐ろしく、哀《かな》しく、切なく思っているだろう！　俺が人間だった記憶のなくなることを。この気持ちは誰にも分からない。誰にも分からない。俺と同じ身の上になった者でなければ。ところで、そうだ。俺がすっかり人間でなくなってしまう前に、一つ頼んでおきたいことがある。

　袁傪はじめ一行は、息をのんで、叢中の声の語る不思議に聞き入っていた。声は続けて言う。

25 **経書**　古代の聖人や賢人の教えを記した儒教の経典。四書五経などをいう。

他でもない。自分は元来詩人として名を成すつもりでいた。しかも、業いまだ成らざるに、この運命に立ち至った。かつて作るところの詩数百編、もとより、まだ世に行われておらぬ。遺稿の所在ももはや分からなくなっていよう。ところで、そのうち、今もなお記誦《きしょう》[26]せるものが数十ある。これを我がために伝録していただきたいのだ。なにも、これによって一人前の詩人面をしたいのではない。作の巧拙は知らず、とにかく、産を破り心を狂わせてまで自分が生涯それに執着したところのものを、一部なりとも後代に伝えないでは、死んでも死にきれないのだ。

袁傪は部下に命じ、筆を執って叢中の声に従って書きとらせた。李徴の声は叢の中から朗々と響いた。長短およそ三十編、格調高雅、意趣卓逸[27]、一読して作者の才の非凡を思わせるものばかりである。しかし、袁傪は感嘆しながらも漠然と次のように感じていた。なるほど、作者の素質が第一流に属するものであることは疑いない。しかし、このままでは、第一流の作品となるのには、どこか（非常に微妙な点において）欠けるところがあるのではないか、と。

旧詩を吐き終わった李徴の声は、突然調子を変え、自らを嘲るがごとくに言った。

恥ずかしいことだが、今でも、こんなあさましい身となり果てた今でも、俺は、俺の詩集が長安[28]風流人士の机の上に置かれているさまを、夢に見ることがあるのだ。岩窟の中に横たわって見る夢にだよ。嗤《わら》ってくれ。詩人になりそこなって虎になった哀れな男を。（袁傪は昔の青年李徴の自嘲癖を思い出しながら、哀しく聞いていた。）そうだ。お笑い草ついでに、今の懐《おも》いを即席の詩に述べてみようか。この虎の中に、まだ、かつての李徴が生きているしるしに。

袁傪はまた下吏に命じてこれを書きとらせた。その詩に言う。

偶《たまたま》因《ツテ》狂疾《ニ》成《ル》殊[29]類《ト》　災患相仍《よツテ》不《ず》可《ベカラ》逃《ル》

今日《ハ》爪《さう》牙《が》誰《たれカ》敢《あヘテ》敵《センヤ》　当時《ハ》声[30]跡共《ニ》相高《カリキ》

我《ハ》為《なリテ》異物《ト》[31]蓬《ほう》茅《ばうノ》下《もとニアレドモ》　君《ハ》已《すでニ》乗《リテ》[32]軺《えうニ》気勢豪《ナリ》

此《コノ》夕《ゆふべ》渓山対《シ》明月《ニ》　不《シテ》成《サ》[33]長《ちやう》嘯《せうヲ》但《ただ》成[34]《スノミ》嘷《かうヲ》

26 **記誦** 記憶し、そらんじること。 27 **意趣卓逸** 心のおもむきがずば抜けていること。 28 **長安** 唐の都。漢代から唐代にかけて栄えた。現在の陝西《せんせい》省西安市付近。 29 **殊類** 異類。人間でないもの。 30 **声跡** 名声と業績。 31 **蓬茅** よもぎと、ちがや。雑草の意。 32 **軺** 小さな軽い車。一、二頭の馬が引く。 33 **長嘯** 長く声を引いて吟じること。 34 **成嘷** ほえる。叫ぶ。

時に、残月、光冷ややかに、白露は地にしげく、樹間を渡る冷風はすでに暁の近きを告げていた。人々はもはや、事の奇異を忘れ、粛然として、この詩人の薄幸を嘆じた。李徴の声は再び続ける。

なぜこんな運命になったか分からぬと、先刻は言ったが、しかし、考えようによれば、思い当たることが全然ないでもない。人間であった時、俺は努めて人との交わりを避けた。人々は俺を倨傲[35]《きょごう》だ、尊大だと言った。実は、それがほとんど羞恥心に近いものであることを、人々は知らなかった。もちろん、かつての郷党の鬼才と言われた自分に、自尊心がなかったとは言わない。しかし、それは臆病な自尊心とでも言うべきものであった。俺は詩によって名を成そうと思いながら、進んで師に就いたり、求めて詩友と交わって切磋《せっさ》琢磨《たくま》に努めたりすることをしなかった。かといって、また、俺は俗物の間に伍《ご》することも潔しとしなかった。ともに、我が臆病な自尊心と、尊大な羞恥心とのせいである。己の珠《たま》にあらざることを惧《おそ》れるがゆえに、あえて刻苦して磨こうともせず、また、己の珠なるべきを半ば信ずるがゆえに、碌々[36]《ろくろく》として瓦[37]に伍することもできなかった。俺はしだいに世と離れ、人と遠ざかり、憤悶[38]《ふんもん》と慙恚[39]《ざんい》とによってますます己の内なる臆病な自尊心を飼いふとらせる結果になった。人間は誰でも猛獣使いであり、その猛獣に当たるのが、各人の性情だという。俺の場合、この尊大な羞恥心が猛獣だった。虎だったのだ。これが俺を損ない、妻子を苦しめ、友人を傷つけ、果ては、俺の外形をかくのごとく、内心にふさわしいものに変えてしまったのだ。今思えば、まったく、俺は、俺の持っていた僅かばかりの才能を空費してしまったわけだ。人生は何事をもなさぬにはあまりに長いが、何事かをなすにはあまりに短いなどと口先ばかりの警句を弄《ろう》しながら、事実は、才能の不足を暴露するかもしれないとの卑怯《ひきょう》な危惧と、刻苦をいとう怠惰とが俺のすべてだったのだ。俺よりもはるかに乏しい才能でありながら、それを専一に磨いたがために、堂々たる詩家となった者がいくらでもいるのだ。虎となり果てた今、俺はようやくそれに気がついた。それを思うと、俺は今も胸を焼かれるような悔いを感じる。俺にはもはや人間としての生活はできない。たとえ、今、俺が頭の中で、どんな優れた詩を作ったにしたところで、どう

35 **倨傲**　おごりたかぶること。36 **碌々**　石がごろごろしているさま。平凡で役に立たないさま。37 **瓦**　値打ちの低いもののたとえ。38 **憤悶**　いきどおりもだえること。39 **慙恚**　恥じて憤ること。

いう手段で発表できよう。まして、俺の頭は日ごとに虎に近づいていく。どうすればいいのだ。俺の空費された過去は？　俺はたまらなくなる。そういうとき、俺は、向こうの山の頂の巌《いわお》に登り、空谷[40]に向かってほえる。この胸を焼く悲しみを誰かに訴えたいのだ。俺は昨夕も、あそこで月に向かってほえた。誰かにこの苦しみが分かってもらえないかと。しかし、獣どもは俺の声を聞いて、ただ、懼れ、ひれ伏すばかり。山も木も月も露も、一匹の虎が怒り狂って、哮《たけ》っているとしか考えない。天に躍り地に伏して嘆いても、誰一人俺の気持ちを分かってくれる者はない。ちょうど、人間だった頃、俺の傷つきやすい内心を誰も理解してくれなかったように。俺の毛皮のぬれたのは、夜露のためばかりではない。

ようやくあたりの暗さが薄らいできた。木《こ》の間《ま》を伝って、どこからか、暁角[41]が哀しげに響き始めた。

もはや、別れを告げねばならぬ。酔わねばならぬ時が、（虎に還らねばならぬ時が）近づいたから、と、李徴の声が言った。だが、お別れする前にもう一つ頼みがある。それは我が妻子のことだ。彼らはいまだ虢略にいる。もとより、俺の運命については知るはずがない。君が南から帰ったら、俺はすでに死んだと彼らに告げてもらえないだろうか。決して今日のことだけは明かさないでほしい。厚かましいお願いだが、彼らの孤弱を哀れんで、今後とも道塗[42]に飢凍することのないように計らっていただけるならば、自分にとって、恩幸[43]、これに過ぎたるはない。

　言い終わって、叢中から慟哭《どうこく》の声が聞こえた。袁傪もまた涙を浮かべ、よろこんで李徴の意にそいたい旨を答えた。李徴の声はしかしたちまちまた先刻の自嘲的な調子に戻って、言った。

　本当は、まず、このことのほうを先にお願いすべきだったのだ、俺が人間だったなら。飢え凍えようとする妻子のことよりも、己の乏しい詩業のほうを気にかけているような男だから、こんな獣に身を堕《お》とすのだ。

　そうして、付け加えて言うことに、袁傪が嶺南からの帰途には決してこの道を通らないでほしい、その時には自分が酔っていて故人《とも》を認めずに襲いかかるかもしれないから。また、今別れてから、前方百歩の所にある、あの丘に登ったら、こちらを振り返って見てもらいたい。自分は今の姿をもう一度お目にかけよう。勇に誇ろうとして

40 **空谷** 人けのない寂しい谷。 41 **暁角** 夜明けを知らせる角笛。 42 **道塗** 道。道途。 43 **恩幸** 慈しみ。恩恵。

ではない。我が醜悪な姿を示して、もって、再びここを過ぎて自分に会おうとの気持ちを君に起こさせないためであると。

袁傪は叢に向かって、ねんごろに別れの言葉を述べ、馬に上った。叢の中からは、また、堪え得ざるがごとき悲泣の声が漏れた。袁傪も幾度か叢を振り返りながら、涙の中に出発した。

一行が丘の上についた時、彼らは、言われたとおりに振り返って、先ほどの林間の草地を眺めた。たちまち、一匹の虎が草の茂みから道の上に躍り出たのを彼らは見た。虎は、すでに白く光を失った月を仰いで、二声三声咆哮《44ほうこう》したかと思うと、また、元の叢に躍り入って、再びその姿を見なかった。

44 咆哮　ほえること。

名《めい》人《じん》伝《でん》

発表——一九四二（昭和一七）年
高校国語教科書初出——一九五二（昭和二七）年

中等教育研究会『新選国語（一）上』

[1]趙《ちょう》の[2]邯鄲《かんたん》の都に住む紀昌《きしょう》という男が、天下第一の弓の名人になろうと志を立てた。己の師と頼むべき人物を物色するに、当今弓矢をとっては、名手・飛衛《ひえい》に及ぶ者があろうとは思われぬ。百歩を隔てて柳葉を射るに百発百中するという達人だそうである。紀昌ははるばる飛衛をたずねてその門に入った。

　飛衛は新入の門人に、まず瞬きせざることを学べと命じた。紀昌は家に帰り、妻の機織り台の下に潜り込んで、そこに仰向けにひっくり返った。目とすれすれに[3]機躡《まねき》が忙しく上下往来するのをじっと瞬かずに見詰めていようという工夫である。理由を知らない妻は大いに驚いた。第一、妙な姿勢を妙な角度から夫に覗《のぞ》かれては困るという。嫌がる妻を紀昌は叱りつけて、無理に機を織り続けさせた。来る日も来る日も彼はこ

1　趙　中国の戦国時代、七雄と呼ばれた諸侯国の一つ。前四〇三―前二二八年。　2　邯鄲　趙の都。　3　機躡　機織り道具の一部で、足で踏む板。

のおかしな格好で、瞬きせざる修練を重ねる。二年の後には、慌ただしく往返する牽《まね》挺《き》[4]が睫毛《まつげ》を掠《かす》めても、絶えて瞬くことがなくなった。彼はようやく機の下から匍《は》い出す。もはや、鋭利な錐《きり》の先をもって瞼《まぶた》を突かれても、まばたきをせぬまでになっていた。不意に火の粉が目に飛び入ろうとも、目の前に突然灰神楽[5]が立とうとも、彼は決して目をパチつかせない。彼の瞼はもはやそれを閉じるべき筋肉の使用法を忘れ果て、夜、熟睡している時でも、紀昌の目はカッと大きく見開かれたままである。ついに、彼の目の睫毛と睫毛との間に小さな一匹の蜘蛛《くも》が巣をかけるに及んで、彼はようやく自信を得て、師の飛衛にこれを告げた。

　それを聞いて飛衛がいう。瞬かざるのみではまだ射《しゃ》を授けるに足りぬ。次には、見[6]ることを学べ。見ることに熟して、さて、小を見ること大のごとく、微を見ること著のごとくなったならば、来たって我に告げるがよいと。

　紀昌は再び家に戻り、肌着の縫い目から虱《しらみ》を一匹探し出して、これを己《おの》が髪の毛をもって繫《つな》いだ。そうして、それを南向きの窓に懸け、終日睨《にら》み暮らすことにした。毎日毎日彼は窓にぶら下がった虱を見詰める。初め、もちろんそれは一匹の虱に過ぎない。二、三日たっても、依然として虱である。ところが、十日余り過ぎると、気のせいか、どうやらそれがほんの少しながら大きく見えてきたように思われる。三月目の終わりには、明らかに蚕ほどの大きさに見えてきた。虱を吊《つ》るした窓の外の風物は、次第に移り変わる。[7]熙々《きき》として照っていた春の陽《ひ》はいつか烈《はげ》しい夏の光に変わり、澄んだ秋空を高く雁《がん》が渡っていったかと思うと、はや、寒々とした灰色の空から霙《みぞれ》が落ちかかる。紀昌は根気よく、毛髪の先にぶら下がった[8]有吻《ゆうふん》類・催痒《さいよう》性の小節足動物を見続けた。その虱も何十匹となく取り換えられていくうちに、早くも三年の月日が流れた。ある日ふと気が付くと、窓の虱が馬のような大きさに見えていた。しめたと、紀昌は膝を打ち、表へ出る。彼は我が目を疑った。人は高塔であった。馬は山であった。豚は丘のごとく、雞《とり》は城楼と見える。雀躍《じゃくやく》して家にとって返した紀昌は、再び窓際の虱に立ち向かい、[9]燕角《えんかく》の弧《ゆみ》に朔蓬《さくほう》の簳《やがら》をつがえてこれを射れば、矢は見事に虱の心の臓を貫いて、しかも虱を繋いだ毛さえ切れぬ。

4 **牽挺**　機織り道具の一部で、「機躡」と連動して上下する。5 **灰神楽**　まだ火の気が残る灰に水を注いだ時、灰が勢いよく舞い上がる現象。また、その灰。6 **著**　はっきりしていること。7 **熙々**　穏やかなさま。8 **有吻類**　カメムシ目の別称。また、吻状の口器をもつことから、カメムシ目とシラミ類を合わせて呼んだこともある。
9 **燕角の弧に朔蓬の簳**　燕の国の獣角で作った弓と、北方の国の蓬《よもぎ》で作った矢。ともに、弓矢の良材。

紀昌は早速師のもとに赴いてこれを報ずる。飛衛は高踏[10]して胸を打ち、初めて「出かしたぞ。」と褒めた。そうして、ただちに射術の奥儀秘伝を余すところなく紀昌に授け始めた。

目の基礎訓練に五年もかけた甲斐《かい》があって紀昌の腕前の上達は、驚くほど速い。奥儀伝授が始まってから十日の後、試みに紀昌が百歩を隔てて柳葉を射るに、すでに百発百中である。二十日の後、いっぱいに水を湛《たた》えた杯を右肘の上に載せて剛弓を引くに、狙いに狂いのないのはもとより、杯中の水も微動だにしない。一月の後、百本の矢をもって速射を試みたところ、第一矢が的に当たれば、続いて飛び来たった第二矢は誤《あやま》たず第一矢の括《やはず》[11]に当たって突き刺さり、さらに間髪を入れず第三矢の鏃《やじり》が第二矢の括にガッシと食い込む。矢々《しし》相属し、発々相及んで、後矢の鏃は必ず前矢の括に食い入るがゆえに、絶えて地に落ちることがない。瞬くうちに、百本の矢は一本のごとくに相連なり、的から一直線に続いたその最後の括はなお弦[12]を銜《ふく》むがごとくに見える。傍らで見ていた師の飛衛も思わず「善し！」と言った。

二月の後、たまたま家に帰って妻といさかいをした紀昌がこれを威《おど》そうとて烏号《うごう》[13]の弓に綦衛《きえい》[14]の矢をつがえきりりと引き絞って妻の目を射た。矢は妻の睫毛三本を射切ってかなたへ飛び去ったが、射られた本人はいっこうに気づかず、まばたきもしないで亭主を罵り続けた。けだし、彼の至芸による矢の速度と狙いの精妙さとは、実にこの域にまで達していたのである。

もはや師から学び取るべき何ものもなくなった紀昌は、ある日、ふとよからぬ考えを起こした。

彼がその時独りつくづくと考えるには、今や弓をもって己に敵すべき者は、師の飛衛をおいて外にない。天下第一の名人となるためには、どうあっても飛衛を除かねばならぬと。秘《ひそ》かにその機会を窺《うかが》っているうちに、一日たまたま郊野において、向こうからただ一人歩み来る飛衛に出会った。とっさに意を決した紀昌が矢を取って狙いをつければ、その気配を察して飛衛もまた弓を執って相応ずる。二人互いに射れば、矢はそのたびに中道にして相当たり、ともに地に落ちた。地に落ちた矢が軽塵《けいじん》をも揚げ

10 **高踏**　足を強く踏み鳴らすこと。 11 **括**　矢の弦にかける部分。 12 **弦を銜むがごとくに**　弓の弦に矢をつがえてあるように。 13 **烏号の弓**　伝説の英雄、黄帝が龍に乗って昇天するときに落としたとされる弓。 14 **綦衛**　「綦」は春秋時代の衛の国にある川の名称。よい竹を産し、矢に使用された。

なかったのは、両人の技がいずれも神《しん》に入っていたからであろう。さて、飛衛の矢が尽きた時、紀昌のほうはなお一矢を余していた。得たりと勢い込んで紀昌がその矢を放てば、飛衛はとっさに、傍らなる野茨《のいばら》の枝を折り取り、その棘《とげ》の先端をもってハッシと鏃を叩《たた》き落とした。ついに非望の遂げられないことを悟った紀昌の心に、成功したならば決して生じなかったに違いない道義的慚愧《ざんき》[15]の念が、この時忽焉《こつえん》として湧き起こった。飛衛のほうでは、また、危機を脱し得た安堵《あんど》と己《おの》が技量についての満足とが、敵に対する憎しみをすっかり忘れさせた。二人は互いに駆け寄ると、野原の真ん中に相抱いて、しばし美しい師弟愛の涙にかきくれた。（こうしたことを今日の道義観をもって見るのは当たらない。美食家の斉の桓公《かんこう》[16]が己のいまだ味わったことのない珍味を求めた時、厨宰《ちゅうさい》[17]の易牙《えきが》[18]は己が息子を蒸し焼きにしてこれをすすめた。十六歳の少年、秦《しん》[19]の始皇帝は父が死んだその晩に、父の愛妾《あいしょう》を三度襲うた。すべてそのような時代の話である。）

　涙にくれて相擁しながらも、再び弟子がかかる企《たくら》みを抱くようなことがあっては甚だ危ないと思った飛衛は、紀昌に新たな目標を与えてその気を転ずるにしくはないと考えた。彼はこの危険な弟子に向かって言った。もはや、伝うべきほどのことはことごとく伝えた。爾《なんじ》がもしこれ以上この道の[20]蘊奥《うんのう》を極めたいと望むならば、ゆいて西の方[21]大行《たいこう》の嶮《けん》に攀《よ》じ、[22]霍山《かくざん》の頂を極めよ。そこには甘蠅《かんよう》老師とて[23]古今を曠《むな》しゅうする斯《し》道《どう》の大家がおられるはず。老師の技に比べれば、我々の射のごときはほとんど児戯に類する。爾の師と頼むべきは、今は甘蠅師の外にあるまいと。

紀昌はすぐに西に向かって旅立つ。その人の前に出ては我々の技のごとき児戯にひとしいと言った師の言葉が、彼の自尊心にこたえた。もしそれが本当だとすれば、天下第一を目指す彼の望みも、まだまだ前途ほど遠いわけである。己が業が児戯に類するかどうか、とにもかくにも早くその人に会って腕を比べたいとあせりつつ、彼はひたすらに道を急ぐ。足裏を破り脛《すね》を傷つけ、危巌《きがん》を攀じ桟道を渡って、一月の後に彼はようやく目指す山顛《さんてん》に辿《たど》りつく。

15 **慚愧**　深く恥じ入ること。16 **斉の桓公**　春秋時代の斉の第一六代君主。在位、前六八五―前六四三年。17 **厨宰**　料理人。18 **易牙**　桓公に仕えた宦官《かんがん》で、料理の名人として有名。19 **秦の始皇帝**　中国の戦国時代の秦王。在位、前二四六―前二二一年。初めて中国を統一した。20 **蘊奥**　学問・技芸の奥義。21 **大行の嶮**　「大行」は太行山脈で、中国の山西省、河南省、河北省の三つの省の境界部分に位置する。その険しい山なみ。22 **霍山**　安徽《あんき》省西部にある山。23 **古今を曠しゅうする**　古今に例を見ない。

気負い立つ紀昌を迎えたのは、羊のような柔和な目をした、しかし酷《ひど》くよぼよぼの爺《じい》さんである。年齢は百歳をも超えていよう。腰の曲がっているせいもあって、白髯《はくぜん》[24]は歩く時も地に引きずっている。

相手が聾《ろう》かも知れぬと、大声に慌ただしく紀昌は来意を告げる。己が技のほどを見てもらいたいむねを述べると、あせり立った彼は相手の返辞をも待たず、いきなり背に負うた楊幹麻筋《ようかんまきん》[25]の弓を外して手に執った。そうして、石碣《せきけつ》[26]の矢をつがえると、折から空の高くを飛び過ぎていく渡り鳥の群れに向かって狙いを定める。弦に応じて、一《いっ》箭《せん》[27]たちまち五羽の大鳥が鮮やかに碧空《へきくう》を切って落ちてきた。

一通りできるようじゃな、と老人が穏やかな微笑を含んで言う。だが、それは所詮《しょせん》射の射というもの、好漢いまだ不射の射を知らぬと見える。

ムッとした紀昌を導いて、老隠者は、そこから二百歩ばかり離れた絶壁の上まで連れてくる。脚下は文字通りの屏風《びょうぶ》のごとき壁立千仞《せんじん》[28]、遥《はる》か真下に糸のような細さに見える渓流をちょっと覗いただけでたちまち眩暈《めまい》を感ずるほどの高さである。その断崖から半ば宙に乗り出した危石の上につかつかと老人は駆け上がり、振り返って紀昌に言う。どうじゃ。この石の上で先刻の業を今一度見せてくれぬか。今さら引っ込みもならぬ。老人と入れ代わりに紀昌がその石を踏んだ時、石は微かにグラリと揺らいだ。強いて気を励まして矢をつがえようとすると、ちょうど崖の端から小石が一つ転がり落ちた。その行方を目で追うた時、覚えず紀昌は石上に伏した。脚はワナワナと震え、汗は流れて踵《かかと》にまで至った。老人が笑いながら手を差し伸べて彼を石から下ろし、自ら代わってこれに乗ると、では射というものをお目にかけようかな、と言った。まだ動悸《どうき》がおさまらず蒼《あお》ざめた顔をしてはいたが、紀昌はすぐに気が付いて言った。しかし、弓はどうなさる？　弓は？　老人は素手だったのである。弓？　と老人は笑う。弓矢の要るうちはまだ射の射じゃ。不射の射には、[29]烏漆《うしつ》の弓も[30]粛慎《しゅくしん》の矢もいらぬ。

ちょうど彼らの真上、空のきわめて高いところを一羽の鳶《とび》が悠々と輪を描いていた。その胡麻粒《ごまつぶ》ほどに小さく見える姿をしばらく見上げていた甘蠅が、やがて、見えざる矢を無形の弓につがえ、満月のごとくに引き絞ってひょうと放てば、見よ、鳶は羽ば

24　**白髯**　白い頬ひげ。25　**楊幹麻筋の弓**　柳の幹に麻布を巻いた弓。26　**石碯の矢**　春秋時代、越王勾践《こうせん》が陣中で使ったとされる矢。27　**一箭**　一本の矢。28　**壁立千仞**　壁のようにそそり立つ深い谷間。29　**烏漆の弓**　真っ黒に漆を塗った弓。30　**粛慎の矢**　「粛慎」は、前六〜前五世紀以来中国東北部にあった異民族の名称。楛《こ》という木で作った矢を用いたという。

たきもせず中空から石のごとくに落ちてくるではないか。

紀昌は慄然《りつぜん》とした。今にして初めて芸道の深淵《しんえん》を覗き得た心地であった。

九年の間、紀昌はこの老名人のもとに留《とど》まった。その間いかなる修業を積んだものやらそれは誰にも分からぬ。

九年たって山を降りて来た時、人々は紀昌の顔付きの変わったのに驚いた。以前の負けず嫌いな精悍《せいかん》な面魂はどこかに影をひそめ、なんの表情もない、木偶《でく》[31]のごとく愚者のごとき容貌に変わっている。久しぶりに旧師の飛衛を訪ねた時、しかし、飛衛はこの顔付きを一見すると感嘆して叫んだ。これでこそ初めて天下の名人だ。我らのごとき、足下にも及ぶものでないと。

邯鄲の都は、天下一の名人となって戻ってきた紀昌を迎えて、やがて眼前に示されるに違いないその妙技への期待に湧き返った。

ところが紀昌はいっこうにその要望に応えようとしない。いや、弓さえ絶えて手に取ろうとしない。山に入る時に携えていった楊幹麻筋の弓もどこかへ捨ててきた様子である。そのわけを尋ねた一人に答えて、紀昌は懶《ものう》げに言った。至為は為《な》す無く、至言は言を去り、至射は射ることなしと。なるほどと、至極物分かりのいい邯鄲の都人士はすぐに合点した。弓を執らざる弓の名人は彼らの誇りとなった。紀昌が弓に触れなければ触れないほど、彼の無敵の評判はいよいよ喧伝《けんでん》された。

様々な噂《うわさ》が人々の口から口へと伝わる。毎夜三更[32]を過ぎる頃、紀昌の家の屋上で何者の立てるとも知れぬ弓弦の音がする。名人の内に宿る射道の神が主人公の眠っている間に体内を抜け出し、妖魔《ようま》を払うべく徹宵守護に当たっているのだという。彼の家の近くに住む一商人はある夜紀昌の家の上空で、雲に乗った紀昌が珍しくも弓を手にして、古《いにしえ》の名人・羿《げい》[33]と養由基[34]の二人を相手に腕比べをしているのを確かに見たと言い出した。その時三名人の放った矢はそれぞれ夜空に青白い光芒《こうぼう》を引きつつ参宿《しんしゅく》[35]と天狼星《てんろうせい》[36]との間に消え去ったと。紀昌の家に忍び入ろうとしたところ、塀に足を掛けた途端に一道の殺気が森閑とした家の中から奔《はし》り出てまともに額を打ったので、覚えず外に転落したと白状した盗賊もある。爾来《じらい》、邪心を抱く者どもは彼の住居の十

31 **木偶** 木彫りの人形。 32 **三更** 深夜一一時から一時頃。 33 **羿** 伝説の帝王、尭《ぎょう》の世に太陽を射落としたという弓の名人。 34 **養由基** 春秋時代の楚の大夫。百歩離れて柳の葉を射当てたという、弓の名人。 35 **参宿** 天空を二十八に分ける区分法、二十八宿の一つ。オリオン座の三ツ星のあたり。 36 **天狼星** おおいぬ座の一等星シリウス。

町[37]四方は避けて回り道をし、賢い渡り鳥どもは彼の家の上空を通らなくなった。

雲と立ち罩《こ》める名声のただ中に、名人紀昌は次第に老いていく。すでに早く射を離れた彼の心は、ますます枯淡虚静の域にはいっていったようである。木偶のごとき顔はさらに表情を失い、語ることも稀《まれ》となり、ついには呼吸の有無さえ疑われるに至った。「すでに、我と彼との別、是と非との分を知らぬ。目は耳のごとく、耳は鼻のごとく、鼻は口のごとく思われる。」というのが、老名人晩年の述懐である。

甘蠅師のもとを辞してから四十年の後、紀昌は静かに、まことに煙のごとく静かに世を去った。その四十年の間、彼は絶えて射を口にすることがなかった。口にさえしなかったくらいだから、弓矢を執っての活動などあろうはずがない。もちろん、寓話《ぐうわ》作者としてはここで老名人に掉尾《とうび》[38]の大活躍をさせて、名人の真に名人たるゆえんを明らかにしたいのは山々ながら、一方、また、何としても古書に記された事実を曲げるわけにはいかぬ。実際、老後の彼についてはただ無為[39]にして化したとばかりで、次のような妙な話の外には何一つ伝わっていないのだから。

その話というのは、彼の死ぬ一、二年前のことらしい。ある日老いたる紀昌が知人のもとに招かれていったところ、その家で一つの器具を見た。確かに見覚えのある道具だが、どうしてもその名前が思い出せぬし、その用途も思い当たらない。老人はその家の主人に尋ねた。それは何と呼ぶ品物で、また何に用いるのかと。主人は、客が冗談を言っているとのみ思って、ニヤリととぼけた笑い方をした。老紀昌は真剣になって再び尋ねる。それでも相手は曖昧な笑いを浮かべて、客の心をはかりかねた様子である。三度紀昌が真面目《まじめ》な顔をして同じ問いを繰り返した時、初めて主人の顔に驚愕《きょうがく》の色が現れた。彼は客の目をじっと見詰める。相手が冗談を言っているのでもなく、気が狂っているのでもなく、また自分が聞き違えをしているのでもないことを確かめると、彼はほとんど恐怖に近い狼狽《ろうばい》を示して、吃《ども》りながら叫んだ。

「ああ、夫子《ふうし》[40]が、――古今無双の射の名人たる夫子が、弓を忘れ果てられたとや？ ああ、弓という名も、その使い道も！」

その後当分の間、邯鄲の都では、画家は絵筆を隠し、楽人は瑟《しつ》[41]の弦を断ち、工匠は規矩《きく》[42]を手にするのを恥じたということである。

37 **町** 距離の単位。一町は、約一〇九メートル。 38 **掉尾** 事の終わり。 39 **無為にして化した** 何もしないで人々を感化した。 40 **夫子** 先生。賢者などに対する敬称。 41 **瑟** 古代中国の琴に似た弦楽器。 42 **規矩** コンパスと物差し。工具一般をたとえたもの。

狐《こ》憑《ひょう》

発表——一九四二（昭和一七）年
高校国語副読本初出——一九八八（昭和六三）年

筑摩書房『高校生のための小説案内』

ネウリ部落のシャクに憑《つ》きものがしたという評判である。いろいろなものがこの男にのり移るのだそうだ。鷹《たか》だの狼《おおかみ》だの獺《かわうそ》だのの霊が哀れなシャクにのり移って、不思議な言葉を吐かせるということである。

後にギリシャ人がスキュテイア[1]人と呼んだ未開の人種の中でも、この種族はとくに一風変わっている。彼らは湖上に家を建てて住む。野獣の襲撃を避けるためである。数千本の丸太を湖の浅い部分に打ち込んで、その上に板を渡し、そこに彼らの家々は立っている。床のところどころに作られた落とし戸を開け、籠《かご》を吊《つ》るして彼らは湖の魚を捕る。独木舟《カヌー》を操り、水狸《すいり》[2]や獺を捕らえる。麻布の製法を知っていて、獣皮とともにこれを身にまとう。馬肉、羊肉、木苺《きいちご》、菱《ひし》の実などを食い、馬乳や馬乳酒を嗜《たしな》む。

1 スキュテイア　前八世紀から前三世紀にかけて、ウクライナを中心に活動していたイラン系遊牧国家。ギリシャ人がそう名づけた。スキタイ。　2 水狸　未詳。「海狸」ならビーバー。

雌馬の腹に獣骨の管を挿し入れ、奴隷にこれを吹かせて乳を滴らせる古来の奇法が伝えられている。

　ネウリ部落のシャクは、こうした湖上民の最も平凡な一人であった。

　シャクが変になり始めたのは、去年の春、弟のデックが死んで以来のことである。その時は、北方から剽悍《ひようかん》[3]な遊牧民ウグリ族の一隊が、馬上に偃月刀《えんげつとう》[4]を振りかざして疾風のごとくにこの部落を襲うてきた。湖上の民は必死になって防いだ。初めは湖畔に出て侵略者を迎え撃った彼らも名だたる北方草原の騎馬兵に当たりかねて、湖上の栖処《すみか》に退いた。湖岸との間の橋桁《はしげた》を撤して、家々の窓を銃眼に、投石器や弓矢で応戦した。独木舟《カヌー》を操るに巧みでない遊牧民は、湖上の村の殲滅《せんめつ》を断念し、湖畔に残された家畜を奪っただけで、また、疾風のように北方に帰っていった。後《あと》には、血が染《にじ》んだ湖畔の土の上に、頭と右手とのない死体ばかりが幾つか残されていた。頭と右手だけは、侵略者が斬り取って持って帰ってしまった。頭蓋骨《ずがいこつ》は、その外側を鍍金《ときん》して髑《どく》髏《ろ》杯《はい》を作るため、右手は、爪をつけたまま皮を剝《は》いで手袋とするためである。シャクの弟のデックの死体もそうした辱めを受けて打ち捨てられていた。顔がないので、服装と持ち物とによって見分ける外はないのだが、革帯の目印と鉞《まさかり》の飾りとによって紛れもない弟の死体をたずね出した時、シャクはしばらくぼうっとしたままその惨めな姿を眺めていた。その様子が、どうも、弟の死を悼んでいるのとはどこか違うように見えた、と、後でそう言っていた者がある。

その後間もなくシャクは妙な譫言《うわごと》をいうようになった。何がこの男にのり移って奇怪な言葉を吐かせるのか、初め近所の人々には分からなかった。言葉つきから判断すれば、それは生きながら皮を剝がれた野獣の霊ででもあるように思われる。一同が考えた末、それは、蛮人に斬り取られた彼の弟デックの右手がしゃべっているのに違いないという結論に達した。四、五日すると、シャクはまた別の霊の言葉を語り出した。今度は、それが何の霊であるか、すぐに分かった。武運拙く戦場に倒れた顚末《てんまつ》から、死後、虚空の大霊に頸筋《くびすじ》を摑《つか》まれ無限の暗黒の彼方《かなた》へ投げやられる次第を哀《かな》しげに語るのは、明らかに弟デックその人と、誰もが合点した。シャクが弟の死体の傍らに茫然と立っていた時、秘《ひそ》かにデックの魂が兄の中に忍び入ったのだと人々は考えた。

さて、それまでは、彼の最も親しい肉親、及びその右手のこと

3 剽悍　荒々しく強いさま。　4 偃月刀　弓の形をした刀。

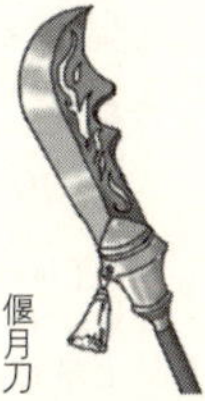
偃月刀

とて、彼にのり移るのも不思議はなかったが、その後一時平静に返ったシャクが再び譫言を吐き始めた時、人々は驚いた、今度はおよそシャクと関係のない動物や人間どもの言葉だったからである。

今までにも憑きもののした男や女はあったが、こんなに種々雑多なものが一人の人間にのり移った例《ためし》はない。ある時は、この部落の下の湖を泳ぎ回る鯉《こい》[6]がシャクの口を借りて、鱗族《いろくず》[5]たちの生活の哀しさと楽しさとを語った。ある時は、トオラス山の隼《はやぶさ》が、湖と草原と山脈と、またその向こうの鏡のごとき湖との雄大な眺望について語った。草原の雌狼が、白けた冬の月の下で飢えに悩みながら一晩中凍《い》てた土の上を歩き回る辛さを語ることもある。

人々は珍しがってシャクの譫言を聞きにきた。おかしいのは、シャクのほうでも（あるいは、シャクに宿る霊どものほうでも）多くの聞き手を期待するようになったことである。シャクの聴衆は次第にふえていったが、ある時彼らの一人がこんなことを言った。シャクの言葉は、憑きものがしゃべっているのではないぞ、あれはシャクが考えてしゃべっているのではないかと。

なるほど、そう言えば、普通憑きもののした人間は、もっと恍惚《こうこつ》とした忘我の状態でしゃべるものである。シャクの態度にはあまり狂気じみたところがないし、その話は条理が立ち過ぎている。少し変だぞ、という者がふえてきた。

シャク自身にしても、自分の近頃している事柄の意味を知ってはいない。もちろん、普通のいわゆる憑きものと違うらしいことは、シャクも気がついている。しかし、なぜ自分はこんな奇妙な仕草を幾月にもわたって続けて、倦《う》まないのか、自分でも分からぬゆえ、やはりこれは一種の憑きもののせいと考えていいのではないかと思っている。初めは確かに、弟の死を悲しみ、その首や手の行方を憤ろしく思い描いているうちに、つい、妙なことを口走ってしまったのだ。これは彼の作為でないと言える。しかし、これが元来空想的な傾向をもつシャクに、自己の想像をもって自分以外のものに乗り移ることの面白さを教えた。次第に聴衆が増し、彼らの表情が、自分の物語の[7]一弛一張《いっしいっちょう》につれて、あるいは安堵《あんど》の、あるいは恐怖の、偽りならぬ色を浮かべるのを見るにつけ、この面白さは抑えきれぬものとなった。空想物語の構成は日を追

5 **鱗族** うろこのある動物。魚類をいう。6 **トオラス山** トルコ南部の山脈。トルコ中央部と南部の地中海地方を分けている。7 **一弛一張** 弛《ゆる》んだり張ったりすること。変化に富むこと。

うて巧みになる。想像による情景描写はますます生彩を加えてくる。自分でも意外なくらい、いろいろな場面が鮮やかにかつ微細に、想像の中に浮かび上がってくるのである。彼は驚きながら、やはりこれは何かある憑きものが自分に憑いているのだと思わないわけにいかない。ただし、こうして次から次へと故知らず生み出されてくる言葉どもを後々《のちのち》までも伝えるべき文字という道具があってもいいはずだということに、彼はいまだ思い至らない。今、自分の演じている役割が、後世どんな名前で呼ばれるかということも、もちろん知るはずがない。

シャクの物語がどうやら彼の作為らしいと思われ出してからも、聴衆は決して減らなかった。かえって彼に向かって次々に新しい話を作ることを求めた。それがシャクの作り話だとしても、生来凡庸なあのシャクに、あんな素晴らしい話を作らせるものは確かに憑きものに違いないと、彼らもまた作者自身と同様の考え方をした。憑きものののしていない彼らには、実際に見もしない事柄について、あんなに詳しく述べることなど、思いも寄らぬからである。湖畔の岩陰や、近くの森の樅《もみ》の木の下や、あるいは、山羊《やぎ》の皮をぶら下げたシャクの家の戸口のところなどで、彼らはシャクを半円にとり囲んで座りながら、彼の話を楽しんだ。北方の山地に住む三十人の剽盗《8ひょうとう》の話や、森の夜の怪物の話や、草原の若い雄牛の話などを。

　若い者たちがシャクの話に聞き惚《ほ》れて仕事を怠るのを見て、部落の長老連が苦い顔をした。彼らの一人が言った。シャクのような男が出たのは不吉の兆しである。もし憑きものだとすれば、こんな奇妙な憑きものは前代未聞だし、もし憑きものでないとすれば、こんな途方もない出鱈目《でたらめ》を次から次へと思いつく気違いはいまだかつて見たことがない。いずれにしても、こんなやつが飛び出したことは、何か自然に悖《もと》る不吉なことだと。この長老がたまたま、家の印として豹《ひょう》の爪をもつ、最も有力な家柄の者だったので、この老人の説は全長老の支持するところとなった。彼らは秘かにシャクの排斥を企《たくら》んだ。

　シャクの物語は、周囲の人間社会に材料を採ることが次第に多くなった。いつまでも鷹や雄牛の話では聴衆が満足しなくなってきたからである。シャクは、美しく若い男女の物語や、吝嗇《けち》で嫉妬深い老婆の話や、他人には威張っていても老妻にだけは頭の上がらぬ酋長《しゅうちょう》の話をするようになった。脱毛期の禿鷹《はげたか》のような頭をしているくせに

8　剽盗　盗人。追いはぎ。

若い者と美しい娘を張り合って惨めに敗れた老人の話をした時、聴衆がドッと笑った。あまり笑うのでその訳を尋ねると、シャクの排斥を発議した例の長老が最近それと同じような惨めな経験をしたという評判だからだ、と言った。

長老はいよいよ腹を立てた。白蛇のような奸智《かんち》を絞って、彼は計をめぐらした。最近に妻を寝取られた一人の男がこの企てに加わった。シャクが自分にあてこするような話をしたと信じたからである。二人は百方手を尽くして、シャクが常に部落民としての義務を怠っていることに、みんなの注意を向けようとした。シャクは釣りをしない。シャクは馬の世話をしない。シャクは森の木を伐《き》らない。獺の皮を剝がない。ずっと以前、北の山々から鋭い風が鵝《が》毛《もう》のような雪片を運んできて以来、誰か、シャクが村の仕事をするのを見た者があるか？

人々は、なるほどそうだと思った。実際、シャクは何もしなかったから。冬籠《ふゆご》もりに必要な品々を分け合う時になって、人々はとくに、はっきりと、それを感じた。最も熱心なシャクの聞き手までが。それでも、人々はシャクの話の面白さに惹《ひ》かれていたので、働かないシャクにも不承不承冬の食物を分け与えた。

厚い毛皮の陰に北風を避け、獣糞《じゅうふん》や枯れ木を燃した石の炉の傍らで馬乳酒を啜《すす》りながら、彼らは冬を越す。岸の蘆《あし》が芽ぐみ始めると、彼らは再び外へ出て働き出した。

シャクも野に出たが、何か目の光も鈍く、呆《ぼ》けたように見える。人々は、彼がもはや物語をしなくなったのに気が付いた。強いて話を求めても、以前したことのある話の蒸し返ししかできない。いや、それさえ満足には話せない。言葉つきもすっかり生彩を失ってしまった。人々は言った。シャクの憑きものが落ちたと。多くの物語をシャクに語らせた憑きものが、もはや、明らかに落ちたのである。

憑きものは落ちたが、以前の勤勉の習慣は戻ってこなかった。働きもせず、さりとて、物語をするでもなく、シャクは毎日ぼんやり湖を眺めて暮らした。その様子を見るたびに、以前の物語の聴き手たちは、この莫迦面《ばかづら》の怠け者に、貴い自分たちの冬籠もりの食物を分けてやったことを腹立たしく思い出した。シャクに含むところのある長老たちはほくそ笑んだ。部落にとって有害無用と一同から認められた者は、協議の上でこれを処分することができるのである。

硬玉の頸飾りを着けた鬚深《ひげぶか》い有力者たちが、よりより相談をした。身内のないシャ

9　鵝毛　ガチョウの羽毛。

クのために弁じようとする者は一人もない。

ちょうど雷雨季がやってきた。彼らは雷鳴を最も忌み恐れる。それは、天なる一眼の巨人の怒れる呪いの声である。一度この声が轟《とどろ》くと、彼らは一切の仕事を止《や》めて謹慎し、悪《あ》しき気を祓《はら》わねばならぬ。[10]奸譎《かんけつ》な老人は、占卜者《せんぼくしや》を牛角杯二個でもって買収し、不吉なシャクの存在と、最近の頻繁な雷鳴とを結び付けることに成功した。人々は次のように決めた。某日、太陽が湖心の真上を過ぎてから西岸の山毛欅《ぶな》の大樹の梢《こずえ》にかかるまでの間に、三度以上雷鳴が轟いたなら、シャクは、翌日、祖先伝来のしきたりに従って処分されるであろう。

その日の午後、ある者は四度雷鳴を聞いた。ある者は五度聞いたと言った。

次の日の夕方、湖畔の焚《た》き火を囲んで盛んな饗宴《きようえん》が開かれた。大鍋《おおなべ》の中では、羊や馬の肉に交じって、哀れなシャクの肉もふつふつ煮えていた。食物のあまり豊かでないこの地方の住民にとって、病気で倒れた者の外、すべての新しい死体は当然食用に供せられるのである。シャクの最も熱心な聴き手だった縮れっ毛の青年が、焚き火に顔を火照らせながらシャクの肩の肉を頬張った。例の長老が、憎い仇《かたき》の大腿骨《だいたいこつ》を右手に、骨に付いた肉を旨《うま》そうにしゃぶった。しゃぶり終わってから骨を遠くへ放ると、水音がし、骨は湖に沈んでいった。
ホメロス[11]と呼ばれた盲人《めくら》のマエオニデェス[12]が、あの美しい歌どもを歌い出すよりずっと以前に、こうして一人の詩人が食われてしまったことを、誰も知らない。

---

10 **奸譎**　心がねじ曲がっているさま。　11 **ホメロス**　前八世紀末頃の古代ギリシャの吟遊詩人。英雄叙事詩『イリアス』『オデュッセイア』の作者とされる。　12 **マエオニデェス**　マエオニア生まれの人の意。［ギリシア語］Maeonidēs

幸福《こうふく》

発表——一九四二（昭和一七）年

昔、この島に一人のきわめて哀れな男がいた。年齢《とし》を数えるという不自然な習慣がこの辺りにはないので、幾歳《いくつ》ということはハッキリ言えないが、あまり若くないことだけは確かであった。髪の毛があまり縮れてもおらず、鼻の頭がすっかり潰れてもおらぬので、この男の醜貌は衆人の顰笑《ひんしょう》[1]の的となっていた。おまけに唇が薄く、顔色にも見事な黒檀《こくたん》[2]のような艶がないことは、この男の醜さをいっそう甚だしいものにしていた。この男は、おそらく、島一番の貧乏人であったろう。ウドウドと称する勾玉《まがたま》のようなものがパラオ地方[3]の貨幣であり、宝であるが、もちろん、この男はウドウドなど一つも持ってはいない。ウドウドも持っていないくらいだから、これによって初めて購《あがな》うことのできる妻をもてるわけがない。たった独りで、島の第一長老《ルバック》の家の物置

1 顰笑　顔をしかめたり笑ったりすること。2 黒檀　カキノキ科の常緑高木。黒色で堅く、家具などに使用される。3 パラオ地方　太平洋上のミクロネシア地域の島々を指していう。

き小屋の片隅に住み、最も卑しい召し使いとして仕えている。家中のあらゆる卑しい勤めが、この男一人の上に負わされる。怠け者の揃《そろ》ったこの島の中で、この男一人は怠ける暇がない。朝はマンゴーの茂みに囀《さえず》る朝鳥よりも早く起きて漁に出掛ける。手槍《ピスカン》[4]で大蛸《おおだこ》を突き損なって胸や腹に吸い付かれ、身体《からだ》じゅう腫《は》れ上がることもある。巨魚タマカイに追われて生命《いのち》からがら独木舟《カヌー》に逃げ上ることもある。盥《たらい》ほどもある車渠貝《アキム》[5]に足を挟まれ損なったこともある。昼になり、島中の誰彼が木陰や家の中の竹床の上でうつらうつら午睡をとる時も、この男ばかりは、家内の清掃に、小屋の建築に、椰子蜜《やしみつ》採りに、椰子縄綯《な》いに、屋根葺《ふ》きに、家具類の製作に、目が回るほど忙しい。この男の皮膚はスコールの後の野鼠《のねずみ》のように絶えず汗でびっしょり濡《ぬ》れている。昔から女の仕事と決められている芋田《ムセイ》の手入れの外は、何から何までこの男が一人で働く。陽《ひ》が西の海に入って、麵麭《パン》[6]の大樹の梢《こずえ》に大蝙蝠《おおこうもり》が飛び回る頃になって、ようやくこの男は、犬猫にあてがわれるようなクカオ芋の尻尾《しっぽ》と魚のあらとにありつく。それから、疲れ果てた身体を固い竹の床の上に横たえて眠る——パラオ語でいえばモ・バヅ、すなわち石になるのである。

彼の主人たるこの島の第一長老《ルバック》はパラオ地方——北はこの島から南は遠くペリリュ

ウ島に至る——を通じて指折りの物持ちである。この島の芋田の半分、椰子林の三分の二はこの男のものに属する。彼の家の台所には、極上鼈甲《べっこう》製の皿が天井まで高く積み上げられている。彼は毎日海亀の脂や石焼きの子豚や人魚の胎児や蝙蝠の子の蒸し焼きなどの美食に飽いているので、彼の腹は脂ぎって孕《はら》み豚のごとくにふくらんでいる。彼の家には、昔その祖先の一人が[7]カヤンガル島を討った時敵の大将をただの一突きに仕留めたという誉れの投げ槍《やり》が蔵されている。彼の所有する珠貨《ウドウド》は、[8]玳瑁《たいまい》が浜辺で一度に産みつける卵の数ほど多い。その中で一番貴いバカル珠に至っては、環礁《リーフ》の外に跳梁《ちょうりょう》する鋸鮫《のこぎりざめ》でさえ、一目見て驚怖退散するほどの威力を備えている。今、島の中央に[9]巍然《ぎぜん》として屹立《きつりつ》する、蝙蝠模様で飾られた、反り屋根の大集会場《バイ》を造ったのも、島民一同の自慢の種子《たね》である蛇頭の真っ赤な大戦舟を作ったのも、すべてこの大支配者《ムレーデル》の権勢と金力とである。彼の妻は表向きは一人だが、近親相姦《そうかん》禁忌の許す範囲

4 **タマカイ**　スズキ目ハタ科。サンゴ礁《しょう》に生息する最も大きい硬骨魚類。　5 **車渠貝**　熱帯のサンゴ礁に住むシャコガイ科の二枚貝。　6 **麵麭の大樹**　熱帯地方に分布するクワ科の常緑高木。高さは一〇メートルに達する。パンノキ。　7 **カヤンガル島**　パラオ最北の島。　8 **玳瑁**　ウミガメ科のカメ。熱帯、亜熱帯の海に分布し、海岸に産卵する。甲は、べっ甲細工の材料として珍重されている。　9 **巍然**　高くそびえ立つさま。

において、実際はその数は無限といってよい。

この大権力者の下僕たる、哀れな醜い独り者は、身分が卑しいので、直接の主人たるこの第一長老《ルバツク》はもとより、第二第三第四ルバックの前を通る時でも、立って歩くことは許されなかった。必ず匍匐膝行《ほふくしっこう》[10]して過ぎなければならないのである。もし独木舟《カヌー》に乗って海に出ている時に長老の舟が近付こうものなら、賤しき男は独木舟《カヌー》の上から水中に跳び込まねばならぬ。舟の上から挨拶するごとき無礼は絶対に許されない。ある時そうした場合にぶつかり、彼が謹しんで水中に跳び込もうとすると、一匹の鱶《ふか》の姿が目に入った。彼が躊躇《ちゅうちょ》するのを見た長老《ルバツク》の従者が、怒って棒切れを投げつけ、彼の左の目を傷つけた。やむをえず、彼は鱶の泳いでいる水の中に跳び込んだ。その鱶がもう三尺[11]大きいやつだったら、彼は、足の指を三本食い切られただけでは済まなかったに違いない。

この島からはるか南方に離れた文化の中心地コロール島[12]には、すでに、皮膚の白い人間どもが伝えたという悪い病が侵入してきていた。その病には二つある。一つは、神聖な天与の秘事を妨げる怪《け》しからぬ病であって、コロールでは男がこれにかかる時は男の病と呼ばれ、女がなる場合は女の病といわれる。もう一つの方は、きわめて微妙な、徴候の容易に認め難い病気であって、軽い咳《せき》が出、顔色が蒼《あお》ざめ、身体が疲れ、痩せ衰えていつの間にか死ぬのである。血を吐くこともあれば、吐かないこともある。この話の主人公たる哀れな男は、どうやら、この後《あと》の方の病気にかかっていたらしい。たえず空咳をし、疲れる。アミアカ樹の芽をすり潰してその汁を飲んでも、蛸樹《オゴル》[13]の根を煎《せん》じて飲んでも、いっこうに効き目がない。彼の主人はこれに気が付き、哀れな下男が哀れな病気になったことを大変ふさわしいと考えた。それで、この下男の仕事はますますふえた。

　哀れな下男は、しかし、大変賢い人間だったので、己《おの》が運命を格別辛いとは思わなかった。己の主人がいかに過酷であっても、なお、自分に、見ることや聴くことや呼吸することまで禁じないからありがたいと思っていた。自分に課せられる仕事がいかに多くとも、なお婦人の神聖な天職たる芋田《ムセイ》耕作だけは除外されていることをありが

10 **匍匐膝行**　地面に腹ばいになって、手と膝で進むこと。　11 **尺**　長さの単位。一尺は、約三〇センチメートル。
12 **コロール島**　パラオの中心的な島。　13 **蛸樹**　タコノキ科の常緑高木。高さ数メートル、幹の下から多数の気根を生じる。後段には「章魚の木」とある。

たく思おうと考えた。鱶のいる海に跳び込んで足の指三本を失ったことは不幸のようだが、それでも脚全体を食い切られなかったことを感謝しよう。空咳の出る疲れ病に罹《かか》ったことも、疲れ病と同時に男の病にまで罹る人間もあることを思えば、少なくとも一つの病だけは免れたことになる。自分の頭髪が乾いた海藻のように縮れていないことは明らかに容貌上の致命的欠陥には違いないが、荒れ果てた赭土《アケズ》丘のように全然頭髪のない人間だって俺は知っている。自分の鼻が踏みつけられたバナナ畑の蛙《かえる》のように潰れていないこともはなはだ恥ずかしいことは確かだが、しかし、全然鼻のなくなった腐れ病の男も隣の島には二人もいるのだ。

だが、足るを知ることとかくのごとき男でも、やはり、病が酷《ひど》いよりも軽いほうがいいし、真昼の太陽の直射の下でこき使われるよりも木陰で午睡《ひるね》をしたほうが快い。哀れな賢い男も、時には、神々に祈ることがあった。病の苦しみか労働の苦しみか、どちらかを今少し減じたまえ。もしこの願いがあまりに欲張り過ぎていないなら、何とぞ、と。

[14]タロ芋を供えて彼が祈ったのは、椰子蟹カタツツと蚯蚓《みみず》ウラズの祠《ほこら》である。この二神はともに有力な悪神として聞こえている。パラオの神々の間では、善神は供物を供

えられることがほとんどない。御機嫌をとらずとも祟《たた》りをしないことが分かっているから。これに反して、悪神は常に丁重に祭られ多くの食物を供えられる。[15]海嘯《かいしよう》や暴風や流行病はみな悪神の怒りから生ずるからである。さて、力ある悪神・椰子蟹と蚯蚓とが哀れな男の祈願を聞き入れたのかどうか、とにかくそれから暫くして、ある晩この男は妙な夢を見た。

その夢の中で、哀れな下僕はいつの間にか長老《ルバツク》になっていた。彼の座っているのは母屋の中央、家長のいるべき正座である。人々はみな唯々《いい》として彼の言葉に従う。彼の機嫌を損ねはせぬかと[16]惴々焉《ずいずいえん》として恐れるもののごとくである。彼には妻がある。彼の食事の支度に忙しい婢女《はしため》も大勢いる。彼の前に出された食卓の上には、豚の丸焼きや真っ赤に茹《ゆ》だったマングローブ蟹や[17]正覚坊《しようかくぼう》の卵が山と積まれている。彼は事の意外に驚いた。夢の中ながら、夢ではないかと疑った。何か不安で仕方がない。

翌朝、目が覚めると、彼はやはり屋根が破れ柱の歪《ゆが》んだいつもの物置き小屋の隅に

---

14 **タロ芋** テンナンショウ科の多年生植物の総称。サトイモの一種で、太平洋諸島では古くから主食とされていた。 15 **海嘯** 満潮時、暴風などによって河口や水道に海水が逆流して発生する高波。 16 **惴々焉** びくびくと恐れおののくさま。 17 **正覚坊** アオウミガメの別名。

寝ていた。珍しく、朝鳥の鳴く音にも気付かず寝過ごしたので、家人の一人に酷く叩《たた》かれた。

次の夜、夢の中で彼はまた長老になった。今度は彼も前夜ほど驚かない。下僕に命令する言葉も前夜よりは大分横柄になってきた。食卓には今度も美味佳肴《かこう》が堆《うずたか》く載っている。妻は筋骨の逞《たくま》しい申し分のない美人だし、章魚《たこ》の木の葉で編んだ新しい呉蓙《ござ》の敷き心地もヒヤヒヤと冷たくてまことによろしい。しかし、朝になると、依然として汚ない小屋の中で目を覚ました。一日じゅう激しい労働に追い使われ、食物としてはクカオ芋の尻尾と魚のあらとしか与えられないことも今まで通りである。

次の晩も、次の次の晩も、それから毎晩続いて、哀れな下僕は夢の中で長老になった。彼の長老ぶりは次第に板についてきた。御馳走《ごちそう》を見ても、もう初めの頃のようにあさましくガツガツすることはない。妻との間に争いをしたことも度重なった。妻以外の女に手出しができることを知ってからも久しくなる。島民らを頤使《いし》[18]して、舟庫を作らせたり祭祀《さいし》をとり行ったりもした。司祭《コロン》に導かれて神前に進む彼の神々しさに、島民どもは等しく古英雄の再来ではないかと驚嘆した。彼に仕える下僕の一人に、昼間の彼の主人たる第一長老と覚しき男がいる。この男の彼を恐れるさまといったら、おかしいくらいである。それが面白さに、彼は、第一長老に似たこの下僕に一番酷い労働をいいつける。漁もさせれば、椰子蜜採りもさせる。我が乗る舟の道に当たるからとて、この下僕を独木舟《カヌー》から鱶の泳ぐ水中に跳び込ませたこともある。哀れな下僕の慌てまどい恐れるさまが、彼にいたく満足を与える。

昼間の激しい労働も過酷な待遇ももはや彼に嘆声を漏らさせることはない。賢い諦めの言葉を自らに言って聞かせる必要もなくなった。夜の楽しさを思えば、昼間の辛労のごとき、ものの数ではなかったからである。一日の辛い仕事に疲れ果てても、彼は世にも嬉《うれ》しげな微笑を浮かべつつ、栄燿《えいよう》栄華の夢を見るために、柱の折れかかった汚ない寝床へと急ぐのであった。そういえば、夢の中で摂《と》る美食のせいであろうか、彼は近頃めっきり肥《ふと》ってきた。顔色もすっかりよくなり、空咳もいつかしなくなった。見るからに生き生きと若返ったのである。

ちょうど哀れな醜い独身者の下僕がこうした夢を見始めた頃から、一方、彼の主人

18 頤使　見下した態度で、人をあごで使うこと。

たる富める大長老もまた奇態な夢を見るようになった。夢の中で、貴き第一長老は惨めな貧しい下僕になるのである。漁から椰子蜜採りから椰子縄作りから麵麭《パン》の実取りや独木舟《カヌー》造りに至るまで、ありとあらゆる労働が彼に課せられる。こう仕事が多くては、無数に手の生えている蜈蚣《むかで》でも遣《や》りきれまいと思われるほどだ。それらの用をいつける主人というのが、昼間は己の最も卑しい下僕であるはずの男である。これがまたひどく意地悪で、次から次へと無理をいう。大蛸には吸い付かれ、車渠貝《アキム》には足を挟まれ、鱶には足指を切られる。食事はといえば、芋の尻尾と魚のあらばかり。毎朝、彼が母屋の中央の贅沢《ぜいたく》な呉蓙の上で目を覚ます時は、身体は終夜の労働にぐったりと疲れ、節々がズキズキと痛むのである。毎晩こういう夢を見ているうちに、第一長老の身体から次第に脂気がうせ、出張った腹がだんだんしぼんできた。実際芋の尻尾と魚のあらばかりでは、誰だって痩せる外はない。月が三回盈《み》ち欠けするうちに長老はみじめに衰えて、いやな空咳までするようになった。

ついに、長老が腹を立てて下僕を呼びつけた。夢の中で己を虐げる憎むべき男を思いきり罰してやろうと決心したのである。

ところが、目の前に現れた下僕は、かつての痩せ衰えた、空咳をする、おどおどと恐れ惑う、哀れな小心者ではなかった。いつの間にかデップリと肥り、顔色も生き生きとして元気一杯に見える。それに、その態度がいかにも自信に満ちていて、言葉こそ丁寧ながら、どう見てもこちらの頤使に甘んずるものとはとうてい思われない。悠揚たるその微笑を見ただけで、長老は相手の優勢感にすっかり圧倒されてしまった。夢の中の虐待者に対する恐怖感までが甦《よみがえ》ってきて彼を脅した。夢の世界と昼間の世界と、いずれがより現実なのかという疑いが、チラと彼の頭を掠《かす》めた。痩せ衰えた自分のごとき者がいまさら咳をしながらこの堂々たる男を叱り付けるなどとは、思いも寄らぬ。

長老は、自分でも予期しなかったほどの慇懃《いんぎん》な言葉で、下男に向かい、彼が健康を回復した次第を尋ねた。下男は詳しく夢のことを語った。いかに彼が夜ごと美食に飽き足るか。いかに婢僕《ひぼく》にかしずかれて快い安逸を楽しむか。いかに数多《あまた》の女どもによって天国の楽しみを味わうか。

下僕の話を聞き終わって、長老は大いに驚いた。下男の夢と己の夢とのかくも驚くべき一致は何に基づくのか。夢の世界の栄養が覚めたる世界の肉体に及ぼす影響は、またかくのごとく甚だしいのか。夢の世界が昼の世界と同じく（あるいはそれ以上に）現実であることは、もはや疑う余地がない。彼は、恥を忍んで、下男に己が毎夜の夢のことを告げた。いかに自分が夜ごと激しい労働を強いられるか。いかに芋の尻尾と魚のあらとだけで我慢せねばならぬか。

下男はそれを聞いてもいっこうに驚かぬ。さもあろうといった顔付きで、とっくに知っていたことを聞くように、満足げな微笑を湛《たた》えながら鷹揚《おうよう》に頷《うなず》く。その顔は、まことに、干潟の泥の中に満腹して眠る海鰻《カシボクー》[19]のごとく、至上の幸福に輝いている。この男は、夢が昼の世界よりもいっそう現実であることをすでに確信しているのであろう。アアと心からの溜《た》め息を吐《つ》きながら、哀れな富める主人は貧しく賢い下僕の顔を妬ましげに眺めた。

×　　×　　×

右は、今は世になきオルワンガル島の昔話である。オルワンガル島は、今から八十年ばかり前のある日、突然、住民もろとろ海底に陥没してしまった。爾来《じらい》、このような幸せな夢を見る男はパラオ中にいないということである。

19 海鰻　体形がウナギ（鰻）に似て細長い、ウミヘビ、アナゴ、ウツボなどの俗称。

牛人
ぎゅうじん

発表——一九四二（昭和一七）年
高校国語教科書初出——一九七四（昭和四九）年
三省堂『新版現代国語改訂版2』

魯《ろ》[1]の叔孫豹《しゅくそんひょう》がまだ若かった頃、乱を避けて一時斉《せい》[2]に奔《はし》ったことがある。道に魯の北境庚宗《こうそう》の地で一美婦を見た。にわかに懇ろとなり、一夜を共に過ごして、さて翌朝別れて斉に入った。斉に落ち着き大夫《たいふ》[3]国氏《こくし》の娘を娶《めと》って二児を挙げるに及んで、かつての路傍一夜の契《ちぎ》りなどはすっかり忘れ果ててしまった。

ある夜、夢を見た。四辺《あたり》の空気が重苦しく立ち込め不吉な予感が静かな部屋の中を領している。突然、音もなく部屋の天井が下降し始める。きわめて徐々に、しかしきわめて確実に、それは少しずつ降りてくる。一刻ごとに部屋の空気が濃く淀《よど》み、呼吸が困難になってくる。逃げようともがくのだが、身体《からだ》は寝床の上に仰向いたままどうしても動けない。見えるはずはないのに、天井の上を真っ黒な天が磐石《ばんじゃく》の重さで押し

1 **魯** 中国の春秋時代の国の一つ。前一〇五五―前二四九年。 2 **斉** 春秋時代の国の一つ。前一一二三―前三八六年。 3 **大夫国氏** 「大夫」は貴族高官で、「国氏」はそのなかの有力氏族。

つけているのが、はっきり分かる。いよいよ天井が近づき、堪え難い重みが胸を圧した時、ふと横を見ると、一人の男が立っている。恐ろしく色の黒い傴僂《せむし》で、目が深く凹《くぼ》み、獣のように突き出た口をしている。全体が、真っ黒な牛によく似た感じである。牛《ぎゅう》！　余《われ》を助けよ、と思わず救いを求めると、その黒い男が手を差し伸べて、上からのし掛かる無限の重みを支えてくれる。それからもう一方の手で胸の上を軽く撫《な》でてくれると、急に今までの圧迫感がなくなってしまった。ああ、よかった、と思わず口に出した時、目が覚めた。

翌朝、従者下僕《しもべ》らを集めていちいち調べてみたが、夢の中の牛男《うしおとこ》に似た者は誰もいない。その後も斉の都に出入りする人々について、それとなく気を付けて見るが、それらしい人相の男には絶えて出会わない。

数年後、再び故国に政変が起こり、叔孫豹は家族を斉に残して急遽《きゅうきょ》帰国した。後、大夫として魯の朝《ちょう》に立つに及んで、初めて妻子を呼ぼうとしたが、妻はすでに斉の大夫某と通じていて、いっこう夫のもとに来ようとはしない。結局、二子孟丙《もうへい》・仲壬《ちゅうじん》だけが父のところへ来た。

ある朝、一人の女が雉《きじ》を手土産に訪ねてきた。初め叔孫の方ではすっかり見忘れていたが、話していくうちにすぐ分かった。十数年前斉へ逃れる道すがら庚宗の地で契った女である。独りかと尋ねると、倅《せがれ》を連れてきているという。しかも、あの時の叔孫の子だというのだ。とにかく、前に連れてこさせると、叔孫はアッと声に出した。色の黒い、目の凹んだ、傴僂なのだ。夢の中で己を助けた黒い牛男にそっくりである。思わず口の中で「牛《ぎゆう》!」と言ってしまった。するとその黒い少年が驚いた顔をして返辞をする。叔孫はいっそう驚いて、少年の名を問えば、「牛《ぎゆう》と申します。」と答えた。

母子ともに即刻引き取られ、少年は豎《じゆ》（小姓《こしよう》）の一人に加えられた。それゆえ、長じて後もこの牛に似た男は豎牛《じゆぎゆう》と呼ばれるのである。容貌に似合わず小才の利く男で、すこぶる役には立つが、いつも陰鬱な顔をして少年仲間の戯れにも加わらぬ。主人以外の者には笑顔一つ見せない。叔孫にはひどくかわいがられ、長じては叔孫家の家政一切の切り回しをするようになった。

目の凹んだ、口の突き出た、黒い顔は、ごく偶《たま》に笑うとひどく滑稽な愛嬌《あいきよう》に富んだものに見える。こんな剽軽《ひようきん》な顔付きの男に悪巧みなどできそうもないという印象を与える。目上の者に見せるのはこの顔だ。仏頂面をして考え込む時の顔は、ちょっと人間離れのした怪奇な残忍さを呈する。儕輩《さいはい》[4]の誰彼が恐れるのはこの顔だ。意識しないでも自然にこの二つの顔の使い分けができるらしい。

叔孫豹の信任は無限であったが、後継ぎに直そうとは思っていない。秘書ないし執事としては無類と考えていたが、魯の名家の当主とは、その人品からしてもちょっと考えにくいのである。豎牛ももちろんそれは心得ている。叔孫の息子たち、ことに斉から迎えられた孟丙・仲壬の二人に向かっては、常に慇懃《いんぎん》を極めた態度をとっている。彼らのほうでは、幾分の不気味さと多分の軽蔑とをこの男に感じているだけだ。父の寵《ちょう》の厚いのに大して嫉妬を覚えないのは、人柄の相違というものに自信をもっているからであろう。

魯の襄公《じょうこう》[5]が死んで若い昭公[6]の代となる頃から、叔孫の健康が衰え始めた。丘蕕《きゅうゆう》というところへ狩りに行った帰りに悪寒を覚えて寝付いてからは、ようやく足腰が立たなくなってくる。病中の身の回りの世話から、病床よりの命令の伝達に至るまで、一切は豎牛一人に任せられることになった。豎牛の孟丙らに対する態度は、しかし、いよいよ遜《へりくだ》ってくる一方である。

叔孫が寝付く以前に、長子の孟丙のために鐘を鋳させることに決め、その時に言った。お前はまだこの国の諸大夫と近付きになっていないから、この鐘が出来上がったら、その祝いを兼ねて諸大夫を饗応《きょうおう》するがよかろうと。明らかに孟丙を相続者と決めての話である。叔孫が病に伏してから、ようやく鐘が出来上がった。孟丙は、かねて話のあった宴会の日取りの都合を父に聞こうとして、豎牛にそのむねを通じてもらった。特別の事情がない限り、豎牛の外は誰一人病室に出入りできなかったのである。豎牛は孟丙の頼みを受けて病室に入ったが、叔孫には何事も取り次がない。すぐ外へ出てきて孟丙に向かい、主君の言葉として出鱈目《でたらめ》な日にちを指定する。指定された日に孟丙は賓客《ひんきゃく》を招き盛んに饗応して、その座で初めて新しい鐘を打った。病室でその音を聞いた叔孫が怪しんで、あれは何だと聞く。孟丙の家で鐘の完成を祝う宴が催され多数の客が来ているむねを、豎牛が答える。俺の許しも得ないで勝手に相続人面をするとは何事だ、と病人が顔色を変える。それに、客の中には斉にいる孟丙殿《どの》の母上

4 **儕輩**　仲間。同輩。　5 **襄公**　魯の第二三代君主。前五七五―前五四二年。　6 **昭公**　?―前五一〇年。魯の第二五代君主。襄公の子。

の関係の方々もはるばるみえているようです、と竪牛が付け加える。不義を働いたかつての妻の話を持ち出すといつも叔孫の機嫌がみるみる悪くなることを、よく承知しているのだ。病人は怒って立ち上がろうとするが、竪牛に抱きとめられる。身体に障ってはいけないというのである。俺がこの病でてっきり死ぬものと決めて掛かって、もう勝手な真似《まね》を始めたのだなと歯咬《はが》みをしながら、叔孫は竪牛に命ずる。構わぬ。引っ捕らえて牢《ろう》に入れろ。抵抗するようなら打ち殺してもよい。

宴が終わり、若い叔孫家の後継ぎは快く諸賓客を送り出したが、翌朝はすでに死体となって家の裏藪《うらやぶ》に捨てられていた。

孟丙の弟仲壬は昭公の近侍某と親しくしていたが、一日友を公宮のうちに訪ねた時、たまたま公の目に留《と》まった。二言三言《ふたことみこと》、その下問に答えているうちに、気に入られたとみえ、帰りには親しく玉環《ぎょっかん》を賜《たまわ》った。おとなしい青年で、親にも告げずに身に帯びては悪かろうと、竪牛を通じて病父にその名誉の事情を告げ玉環を見せようとした。牛は玉環を受け取って内に入ったが、叔孫には示さない。仲壬が来たということさえ話さぬ。再び外に出てきて言った。父上には大変お喜びですぐにも身に着けるようにとのことでした、と。仲壬はそこで初めてそれを身に帯びた。数日後、豎牛が叔孫に勧める。すでに孟丙がない以上、仲壬を後継ぎに立てることは決まっているゆえ、今から主君昭公にお目通りさせてはいかが。叔孫がいう。いや、まだそれと決めたわけではないから、今からそんな必要はない。しかし、と牛が言葉を返す。父上の思《おぼ》し召しはどうあろうと、息子のほうでは勝手にそう決め込んで、もはや直接君公にお目通りしていますよ。そんな莫迦《ばか》なことがあるはずはないという叔孫に、それでも近頃仲壬が君公から拝領したという玉環を帯びていることは確かですと牛が請け合う。早速仲壬が呼ばれる。はたして玉環を帯びている。公からの頂きものだと言う。父は利かぬ身体を床の上に起こして怒った。息子の弁解は何一つ聞かれず、すぐにその場を退いて謹慎せよという。

その夜、仲壬はひそかに斉に奔った。

病が次第に篤《あつ》くなり、焦眉《しょうび》の問題として真剣に後継ぎのことを考え

7 **玉環**　君主が諸侯を封ずるときに与える環状の玉で、腰に帯びる。

玉環

ねばならなくなった時、叔孫豹はやはり仲壬を呼ぼうと思った。豎牛にそれを命ずる。命を受けて出てはいったが、もちろん斉にいる仲壬に使いを出しはしない。早速仲壬のもとへ使いを遣わしたが非道なる父のところへは二度と戻らぬという返辞だったと復命する。この頃になってようやく叔孫にも、この近臣に対する疑いが湧いてきた。汝《なんじ》の言葉は真実か？　と屹《きつ》として聞き返したのはそのためである。どうして私が偽りなど申しましょう、と答える豎牛の唇の端が、その時嘲るように歪《ゆが》んだのを病人は見た。こんなことはこの男が邸《やしき》に来てからまったく初めてであった。カッとして病人は起き上がろうとしたが、力がない。すぐ打ち倒れる。その姿を、上から、黒い牛のような顔が、今度こそ明瞭な侮蔑を浮かべて、冷然と見下す。儕輩や部下にしか見せなかったあの残忍な顔である。家人や他の近臣を呼ぼうにも、今までの習慣でこの男の手を経ないでは誰一人呼べないことになっている。その夜病大夫は殺した孟丙のことを思って悔やし泣きに泣いた。

次の日から残酷な所作が始まる。病人が人に接するのを嫌うからとて、食事は膳部《ぜんぶ》[8]の者が次室まで運んでおき、それを豎牛が病者の枕頭《ちんとう》に持ってくるのが習わしであったのを、今やこの侍者が病人に食を進めなくなったのである。差し出される食事はことごとく自分が食ってしまい、からだけをまた出しておく。膳部の者は叔孫が食べたことと思っている。病人が飢えを訴えても、牛男は黙って冷笑するばかり。返辞さえもはやしなくなった。誰に助けを求めようにも、叔孫には絶えて手段がないのである。

たまたまこの家の宰[9]たる杜洩《とせつ》が見舞いに来た。病人は杜洩に向かって豎牛の仕打ちを訴えるが、日頃の信任を承知している杜洩は冗談と考えててんで取り合わない。叔孫がなおもあまり真剣に訴えると、今度は病熱のため心神が錯乱したのではないかと、いぶかるふうである。豎牛もまた横から杜洩に目配せして、頭の惑乱した病者にはつくづく困り果てたという表情を見せる。しまいに、病人はいら立って涙を流しながら、痩せ衰えた手で傍らの剣を指し、杜洩に「これであの男を殺せ。殺せ、早く！」と叫ぶ。どうしても自分が狂者としてしか扱われないことを知ると、叔孫は衰えきった身体を震わせて号泣する。杜洩は牛と目を見合わせ、眉をしかめながら、そっと部屋を出る。客が去ってから初めて、牛男の顔に得体の知れぬ笑いが微かに浮かぶ。

　飢えと疲れの中に泣きながら、いつか病人はうとうとして夢を見た。いや、眠った

8 膳部　料理人。　9 宰　家を運営する役職。執事。

のではなく、幻覚を見ただけかも知れぬ。重苦しく淀んだ、不吉な予感に満ちた部屋の空気の中に、ただ一つ灯が音もなく燃えている。輝きのない、いやに白っぽい光である。じっとそれを見ているうちに、ひどく遠方に——十里も二十里もかなたにあるもののように感じられてくる。寝ている真上の天井が、いつかの夢の時と同じように、徐々に下降を始める。ゆっくりと、しかし確実に、上からの圧迫は加わる。逃れようにも足一つ動かせない。傍らを見ると黒い牛男が立っている。救いを求めても、今度は手を伸べてくれない。黙ってつっ立ったままにやりと笑う。絶望的な哀願をもう一度繰り返すと、急に、怒ったような固い表情に変わり、眉一つ動かさずにじっと見下す。今や胸の真上に覆いかぶさってくる真っ黒な重みに、最後の悲鳴を挙げた途端に、正気に返った。……

いつか夜に入ったとみえ、暗い部屋の隅に白っぽい灯が一つともっている。今まで夢の中で見ていたのはやはりこの灯だったのかも知れない。傍らを見上げると、これまた夢の中とそっくりな豎牛の顔が、人間離れのした冷酷さを湛《たた》えて、静かに見下している。その顔はもはや人間ではなく、真っ黒な原始の混沌《こんとん》に根を生やした一個の物のように思われる。叔孫は骨の髄まで凍る思いがした。己を殺そうとする一人の男に対する恐怖ではない。むしろ、世界のきびしい悪意といったようなものへの、遜った恐れに近い。もはやさっきまでの怒りは運命的な畏怖感に圧倒されてしまった。今はこの男に刃向かおうとする気力も失《う》せたのである。

三日の後、魯の名大夫、叔孫豹は飢えて死んだ。

10 **里** 距離の単位。中国の一里は、約五〇〇メートル。

悟《ご》[1]浄《じよう》歎《たん》異《に》——沙門《しやもん》[2]悟浄の手記

1　悟浄　沙《さ》悟浄《ごじよう》。『西遊記』に登場する妖怪で、三蔵法師（玄奘《げんじよう》）の従者。沙悟浄は、この物語「悟浄歎異」の語り手でもある。『西遊記』は一五七〇年頃の成立。　2　沙門　僧侶。

発表――一九四二（昭和一七）年
高校国語教科書初出――一九五八（昭和三三）年
三省堂『高等学校新国語総合　三』

昼餉《ひるげ》の後、師父[3]が道傍《みちばた》の松の木の下でしばらく憩うておられる間、悟空《ごくう》[4]は八戒《はっかい》[5]を近くの原っぱに連れ出して、変身の術の練習をさせていた。

「やってみろ！」と悟空が言う。「龍になりたいと本当に思うんだ。いいか。本当にだぜ。この上なしの、突きつめた気持ちで、そう思うんだ。ほかの雑念はみんな捨ててだよ。いいか。本気にだぜ。この上なしの、とことんの、本気にだぜ。」

「よし！」と八戒は目を閉じ、印[6]を結んだ。八戒の姿が消え、五尺[7]ばかりの青大将が現れた。傍ら見ていた俺は思わず吹き出してしまった。

「ばか！　青大将にしかなれないのか！」と悟空が叱った。青大将が消えて八戒が現れた。「駄目だよ、俺は。まったくどうしてかな？」と八戒は面目《めんぼく》なげに鼻を鳴らした。

3 **師父**　父のように敬愛する師。ここでは、三蔵法師のこと。　4 **悟空**　孫悟空。三蔵法師の従者。七十二変化の術と筋斗雲《きんとうん》の法をもつ猿。　5 **八戒**　猪八戒《ちょはっかい》。三蔵法師の従者。豚の化け物。　6 **印**　手指をもってつくる種々の形。仏の悟りや誓願の内容などを象徴的に表す。　7 **尺**　長さの単位。一尺は、約三〇センチメートル。

「駄目駄目。てんで気持ちが凝らないんじゃないか、お前は。もう一度やってみろ。いいか。真剣に、かけ値なしの真剣になって、龍になりたい龍になりたいと思うんだ。龍になりたいという気持ちだけになって、お前というものが消えてしまえばいいんだ。」

よし、もう一度と八戒は印を結ぶ。今度は前と違って奇怪なものが現れた。錦蛇《にしきへび》には違いないが、小さな前足が生えていて、大蜥蜴《おおとかげ》のようでもある。しかし、腹部は八戒自身に似てブヨブヨ膨れており、短い前足で二、三歩匍《は》うと、何とも言えない無格好さであった。俺はまたゲラゲラ笑えてきた。

「もういい。もういい。止《や》めろ！」と悟空が怒鳴る。頭を掻《か》き掻き八戒が現れる。

悟空。お前の龍になりたいという気持ちが、まだまだ突き詰めていないからだ。だから駄目なんだ。

八戒。そんなことはない。これほど一生懸命に、龍になりたい龍になりたいと思い詰めているんだぜ。こんなに強く、こんなにひたむきに。

悟空。お前にそれができないということが、つまり、お前の気持ちの統一がまだなっていないということになるんだ。

八戒。そりゃひどいよ。それは結果論じゃないか。

悟空。なるほどね。結果からだけ見て原因を批判することは、決して最上のやり方じゃないさ。しかし、この世では、どうやらそれが一番実際的に確かな方法のようだぜ。今のお前の場合なんか、明らかにそうだからな。

悟空によれば、変化《へんげ》の法とは次のごときものである。すなわち、あるものになりたいという気持ちが、この上なく純粋に、この上なく強烈であれば、ついにはそのものになれる。なれないのは、まだその気持ちがそこまで至っていないからだ。法術の修業とは、かくのごとく己の気持ちを純一無垢《むく》、かつ強烈なものに統一する法を学ぶにある。この修業は、かなりむずかしいものには違いないが、いったんその境に達した後は、もはや以前のような大努力を必要とせず、ただ、心をその形に置くことによって容易に目的を達し得る。これは、他の諸芸におけると同様である。変化の術が人間にできずして狐狸《こり》にできるのは、つまり、人間には関心すべき種々の事柄があまりに多いがゆえに精神統一が至難であるに反し、野獣は心を労すべき多くの瑣事《さじ》をもたず、従ってこの統一が容易だからである、云々《うんぬん》。

悟空は確かに天才だ。これは疑いない。それは初めてこの猿を見た瞬間にすぐ感じ取られたことである。初め、8赭顔《しゃがん》・鬚面《しゅめん》のその容貌を醜いと感じた俺も、次の瞬間には、彼の内から溢《あふ》れ出るものに圧倒されて、容貌のことなど、すっかり忘れてしまった。今では、時にこの猿の容貌を美しい（とは言えぬまでも少なくとも立派だ）とさえ感じるくらいだ。その面魂《つらだましい》にもその言葉つきにも、悟空が自己に対して抱いている信頼が、生き生きと溢れている。この男は嘘《うそ》のつけない男だ。誰に対してよりも、まず自分に対して。この男の中には常に火が燃えている。豊かな、激しい火が。その火はすぐに傍らにいる者に移る。彼の言葉を聞いているうちに、自然にこちらも彼の信ずる通りに信じないではいられなくなってくる。彼の側《そば》にいるだけで、こちらまでが何か豊かな自信に満ちてくる。彼は火種。世界は彼のために用意された薪《まき》。世界は彼によって燃されるためにある。

我々には何の奇異もなく見える事柄も、悟空の目から見ると、ことごとく素晴らしい冒険の端緒だったり、彼の壮烈な活動を促す機縁だったりする。もともと意味をもった外の世界が彼の注意を引くというよりは、むしろ、彼のほうで外の世界に一つ一つ意味を与えていくように思われる。彼の内なる火が、外の世界に空《むな》しく冷えたまま眠っている火薬に、いちいち点火していくのである。探偵の目をもってそれらを探し出すのではなく、詩人の心をもって（恐ろしく荒っぽい詩人だが）彼に触れるすべてを温め（時に焦がす恐れもないではない）、そこから種々な思い掛けない芽を出させ、実を結ばせるのだ。だから、彼・悟空の目にとって平凡陳腐なものは何一つない。毎日早朝に起きると決まって彼は日の出を拝み、そして、初めてそれを見る者のような驚嘆をもってその美に感じ入っている。心の底から、溜《た》め息をついて、賛嘆するのである。これがほとんど毎朝のことだ。松の種子から松の芽の出かかっているのを見て、何たる不思議さよと目を瞠《みは》るのも、この男である。

この無邪気な悟空の姿と比べて、一方、強敵と闘っている時の彼を見よ！　何と、見事な、完全な姿であろう！　全身いささかの隙もない逞《たくま》しい緊張。律動的で、しかも一分《いちぶ》の無駄もない棒の使い方。疲れを知らぬ肉体が喜び、たけり、汗ばみ、跳ねている、その圧倒的な力量感。いかなる困難をも喜んで迎える強靭《きょうじん》な精神力の汪溢《おういつ》。それは、輝く太陽よりも、咲き誇る向日葵《ひまわり》よりも、鳴き盛る蟬《せみ》よりも、もっと打ち込ん

8　赭顔・鬚面　赤ら顔とひげ面。

だ、裸身の、盛んな、没我的な、灼熱《しゃくねつ》した美しさだ。あのみっともない猿の闘っている姿は。

一月《ひとつき》ほど前、彼が翠雲山《すいうんさん》中で大いに牛魔大王《ぎゅうまだいおう》[9]と戦った時の姿は、いまだにはっきり眼底に残っている。感嘆のあまり、俺はその時の戦闘経過を詳しく記録に取っておいたくらいだ。

……牛魔王一匹の香獐《こうしょう》[10]と変じ悠然として草を食いいたり。悟空これを悟り虎に変じ駆け来《きた》りて香獐を食わんとす。牛魔王急に大豹《だいひょう》と化して虎を撃たんと飛び掛かる。悟空これを見て狻猊《からしし》となり大豹目掛けて襲いかかれば、牛魔王、さらばと黄《こう》獅《し》に変じ霹靂《へきれき》[11]のごとくに哮《うな》って狻猊を引き裂かんとす。悟空この時地上に転倒すと見えしが、ついに一匹の大象となる。鼻は長蛇のごとく牙は筍《たかんな》[12]に似たり。牛魔王堪えかねて本相を現し、たちまち一匹の大白牛たり。頭は高峰[13]のごとく目は雷光のごとく双角は両座の鉄塔に似たり。頭より尾に至る長さ千余丈、蹄《ひづめ》より背上に至る高さ八百丈。大音に呼ばわって曰《いわ》く、儞悪猿《なんじわるざる》今我をいかんとするや。悟空また同じく本相を現し、大喝一声するよと見るまに、身の高さ一万丈、頭《かしら》は泰山[14]に似て目は日月のごとく、口はあたかも血池にひとし。奮然鉄棒を揮《ふる》って牛魔王を打つ。牛魔王角《つの》をもってこれを受け止め、両人半山の中にあって散々に戦いければ、まことに山も崩れ海も湧き返り、天地もこれがために反覆するかと、すさまじかり。……

何という壮観だったろう！　俺はホッと溜め息を吐《つ》いた。傍らから助太刀に出ようという気も起こらない。孫行者の負ける心配がないからというのではなく、一幅の完全な名画の上にさらに描い筆を加えるのを恥じる気持ちからである。

災厄は、悟空の火にとって、油である。困難に出会う時、彼の全身は（精神も肉体も）焔々《えんえん》と燃え上がる。逆に、平穏無事の時、彼はおかしいほど、しょげている。独《こ》楽《ま》のように、彼は、いつも全速力で回っていなければ、倒れてしまうのだ。困難な現実も、悟空にとっては、一つの地図——目的地への最短の道がハッキリと太く線を引かれた一つの地図として映るらしい。現実の事態の認識と同時に、その中にあって自

9 **牛魔大王**　『西遊記』に登場する魔王で、本相（正体）は体長一〇〇〇丈（約三〇〇〇メートル）、体高八〇〇丈（二四〇〇メートル）の白牛。10 **香獐**　ジャコウジカ。11 **霹靂**　急激な雷鳴。12 **筍**　たけのこ。13 **丈**　長さの単位。一丈は、約三メートル。14 **泰山**　中国山東省にある霊山。

己の目的に到達すべき道が、実に明瞭に、彼には見えるのだ。あるいは、その道以外の一切が見えない、といったほうが本当かも知れぬ。闇夜の発光文字のごとくに、必要な道だけがハッキリ浮かび上がり、他は一切見えないのだ。我々鈍根[15]のものがいまだ茫然《ぼうぜん》として考えも纏《まと》まらないうちに、悟空はもう行動を始める。目的への最短の道に向かって歩き出しているのだ。人は、彼の武勇や腕力を云々する。しかし、その驚くべき天才的な知恵については案外知らないようである。彼の場合には、その思慮や判断があまりにも渾然《こんぜん》と、腕力行為の中に溶け込んでいるのだ。

俺は、悟空の文盲なことを知っている。かつて天上で[16]弼馬温《ひっぱおん》なる馬方の役に任ぜられながら、弼馬温の字も知らなければ、役目の内容も知らないでいたほど、無学なことをよく知っている。しかし、俺は、悟空の（力と調和された）知恵と判断の高さとを何ものにも増して高く買う。悟空は教養が高いとさえ思うこともある。少なくとも、動物・植物・天文に関する限り、彼の知識は相当なものだ。彼は、大抵の動物なら一見してその性質、強さの程度、その主要な武器の特徴などを見抜いてしまう。雑草についても、どれが薬草で、どれが毒草かを、実によく心得ている。そのくせ、その動物や植物の名称（世間一般に通用している名前）は、まるで知らないのだ。彼はまた、星によって方角や時刻や季節を知るのを得意としているが、角宿《かくしゆく》という名も心宿《しんしゆく》という名も知りはしない。[17]二十八宿の名をことごとくそらんじていながら実物《ほんもの》を見分けることのできぬ俺と比べて、何という相違だろう！　[18]目に一丁字《いっていじ》のないこの猿の前にいる時ほど、文字による教養の哀れさを感じさせられることはない。

悟空の身体《からだ》の部分部分は——目も耳も口も脚も手も——みんないつも嬉《うれ》しくて堪《たま》らないらしい。生き生きとし、ピチピチしている。ことに戦う段になると、それらの各部分は歓喜のあまり、花にむらがる夏の蜂のように一斉にワアーッと歓声を挙げるのだ。悟空の戦いぶりが、その真剣な気魄《きはく》にもかかわらず、どこか遊戯《ゆうげ》の趣を備えているのは、このためであろうか。人はよく「死ぬ覚悟で」などと言うが、悟空という男は決して死ぬ覚悟なんかしない。どんな危険に陥った場合でも、彼はただ、今自分の

15 **鈍根**　才知が鈍いこと。16 **弼馬温**　馬の病気を防いだり、馬の世話をしたりする役職。古来、猿は馬の守り神とされている。17 **二十八宿**　中国古代の天文学で、天空を二八に分けた区分法。「角宿」「心宿」も、二十八宿の一つ。前者の距星（もっとも明るい星）はおとめ座α星、後者の距星はさそり座σ星。18 **目に一丁字のない**　文字を読む力がまったくない。「一丁字」は、一個の文字。

している仕事（妖怪を退治するなり、三蔵法師を救い出すなり）の成否を憂えるだけで、自分の生命のことなどは、てんで考えの中に浮かんでこないのである。太上老君[19]の八卦炉《はっけろ》中に焼き殺されかかった時も、銀角大王[20]の泰山圧頂の法に遭うて、泰山・須《しゅ》弥山《みせん》[21]・峨眉山《がびさん》[22]の三山の下に押し潰されそうになった時も、彼は決して自己の生命のために悲鳴を上げはしなかった。最も苦しんだのは、小雷音寺の黄眉《こうび》老仏[23]のために不思議な金鐃《こんにょう》の下に閉じ込められた時である。推せども突けども金鐃は破れず、身を大きく変化させて突き破ろうとしても、悟空の身が大きくなれば金鐃も伸びて大きくなり、身を縮めれば金鐃もまた縮まる始末で、どうにもしようがない。身の毛を抜いて錐《きり》と変じ、これで穴を穿《うが》とうとしても、金鐃には傷一つ付かない。そのうちに、ものを蕩《とろ》かして水と化するこの器の力で、悟空の臀部《でんぶ》のほうがそろそろ柔らかくなり始めたが、それでも彼はただ妖怪に捕らえられた師父の身の上ばかりを気遣っていたらしい。悟空には自分の運命に対する無限の自信があるのだ。（自分ではその自信を意識していないらしいが。）やがて、天界から加勢に来た亢金龍《こうきんりゅう》がその鉄のごとき角をもって満身の力をこめ、外から金鐃を突き通した。角は見事に内まで突き通ったが、この金鐃はあたかも人の肉のごとくに角に纏《まと》いついて、少しの隙もない。風の漏るほどの隙間でもあれば、悟空は身をけし粒と化して逃れ出るのだが、それもできない。半ば臀部は溶けかかりながら、苦心惨憺《さんたん》の末、ついに耳の中から金箍棒《きんこぼう》[24]を取り出して鋼鑽《きり》に変え、金龍の角の上に穴を穿ち、身を芥子粒《けしつぶ》に変じてその穴に潜み、金龍に角を引き抜かせたのである。ようやく助かった彼は、柔らかくなった己の尻のことも忘れ、すぐさま師父の救い出しに掛かるのだ。後になっても、あの時は危なかったなどと決して言ったことがない。「危ない」とか「もう駄目だ」とか、感じたことがないのだろう。この男は、自分の寿命とか生命とかについて考えたこともないに違いない。彼の死ぬ時は、ポクンと、自分でも知らずに死んでいるだろう。その一瞬前までは溌剌《はつらつ》と暴れ回っているに違いない。まったく、この男の事業は、壮大という感じはしても、決して悲壮な感じはしないのである。

19 **太上老君の八卦炉**　道教の神、太上老君が不老不死の霊薬のために使用する炉。悟空はそのなかに四九日間閉じ込められ、文武の火をもって焼かれたことがある。　20 **銀角大王**　太上老君の八卦炉の番人。　21 **須弥山**　古代インドの世界観の中心にある聖なる山。　22 **峨眉山**　中国四川省にある仏教聖地。　23 **黄眉老仏**　黄眉大王。にせの雷音寺を作り、仏に化けて三蔵法師を食らおうとした妖怪仙人。悟空を金鐃（金でできたシンバルのような楽器）に閉じ込めて溶かそうとする。　24 **金箍棒**　如意金箍棒。如意棒ともいう。両端に金色の輪がはめられた鉄の棒。

猿は人真似《ひとまね》をするというのに、これはまた、何と人真似をしない猿だろう！　真似どころか、他人から押し付けられた考えは、たといそれが何千年の昔から万人に認められている考え方であっても、絶対に受け付けないのだ。自分で充分に納得できない限りは。

因襲も世間的名声もこの男の前には何の権威もない。

悟空の今一つの特色は、決して過去を語らぬことである。というより、彼は、過ぎ去ったことは一切忘れてしまうらしい。少なくとも個々の出来事は忘れてしまうのだ。その代わり、一つ一つの経験の与えた教訓はその都度、彼の血液の中に吸収され、直ちに彼の精神および肉体の一部と化してしまう。今さら、個々の出来事を一つ一つ記憶している必要はなくなるのである。彼が戦略上の同じ誤りを決して二度と繰り返さないのを見ても、これは分かる。しかも彼はその教訓を、いつ、どんな苦い経験によって得たのかは、すっかり忘れ果てている。無意識のうちに体験を完全に吸収する不思議な力をこの猿はもっているのだ。

ただし、彼にも決して忘れることのできぬ恐ろしい体験がたった一つあった。ある時彼はその時の恐ろしさを俺に向かってしみじみと語ったことがある。それは、彼が初めて釈迦《しゃか》如来に知遇し奉った時のことだ。

その頃、悟空は自分の力の限界を知らなかった。彼が[25]藕糸《ぐうし》歩雲の履物を穿《は》き[26]鎖子黄金の甲《よろい》を着け、[27]東海龍王から奪った一万三千五百斤[28]の如意金箍棒を揮って闘うところ、天上にも天下にもこれに敵する者がないのである。列仙の集まる[29]蟠桃会《ばんとうえ》を騒がし、その罰として閉じ込められた八卦炉をも打ち破って飛び出すや、天上界も狭しとばかり荒れ狂うた。群がる天兵を打ち倒し薙《な》ぎ倒し、三十六員の雷将を率いた討っ手の大将祐聖真君《ゆうせいしんくん》を相手に、霊宵殿の前に戦うこと半日余り。その時ちょうど、[30]迦葉《かしょう》・阿難の二尊者を連れた釈迦牟尼《むに》如来がそこを通りかかり、悟空の前に立ち塞がって闘いを停めたもうた。悟空が[31]怫然《ふつぜん》として食って掛かる。如来が笑いながら言う。「たいそう威

25 **藕糸歩雲の履物** 蓮の糸で作った、雲の上を歩ける飛行靴。26 **鎖子黄金の甲** 鎖を連ねて作った黄金色の鎧《よろい》。27 **東海龍王** 海を治める四海龍王のなかの、東海を治める敖広《ごうこう》。龍宮の地下に「海の重り」として置かれた如意金箍棒を、孫悟空が奪い取る。28 **斤** 重さの単位。一斤は、約六〇〇グラム。29 **蟠桃会** 女仙である西王母が釈《しゃ》迦《か》、老子、菩薩《ぼさつ》、聖僧、仙翁などをもてなす宴会。三千年に一度開花し、不老不死をもたらす桃を用いた。
30 **迦葉・阿難** いずれも釈迦の十大弟子の一人。31 **怫然** 顔色を変えて怒るさま。

張っているようだが、いったい、お前はいかなる道を修し得たというのか？」悟空曰く「[32]東勝神州傲来《ごうらい》国華果山に石卵より生まれたるこの俺の力を知らぬとは、さてさて愚かなやつ。俺はすでに不老長生の法を修し畢《おわ》り、雲に乗り風に御し一瞬に十万八千[33]里を行く者だ。」如来の曰く、「大きなことを言うものではない。十万八千里はおろか、我が掌《たなごころ》に上がって、さて、その外へ飛び出すことすらできまいに。」「何を！」と腹を立てた悟空は、いきなり如来の掌の上に跳り上がった。「俺は通力によって八十万里を飛行《ひぎょう》するのに、儞《なんじ》の掌の外に飛び出せまいとは何事だ！」言いも終わらず[34]觔斗《きんと》雲《うん》に打ち乗ってたちまち二、三十万里も来たかと思われる頃、赤く大いなる五本の柱を見た。かれはこの柱のもとに立ち寄り、真ん中の一本に、[35]斉天大聖到此一遊と墨くろぐろと書きしるした。さて再び雲に乗って如来の掌に飛び帰り、得々として言った。「掌どころか、すでに三十万里の遠くに飛行して、柱にしるしを留めてきたぞ！」「愚かな山猿よ！」と如来は笑った。「汝《なんじ》の通力がそもそも何事をなし得るというのか？汝は先刻から我が掌の内を往返したに過ぎぬではないか。嘘《うそ》と思わば、この指を見るがよい。」悟空が怪しんで、よくよく見れば、如来の右手の中指に、いまだ墨痕も新しく斉天大聖到此一遊と己の筆跡で書き付けてある。「これは？」と驚いて振り仰ぐ如来の顔から、今までの微笑が消えた。急に厳粛に変わった如来の目が悟空をキッと見据えたまま、たちまち天をも隠すかと思われるほどの大きさに広がって、悟空の上にのし掛かってきた。悟空は総身の血が凍るような恐ろしさを覚え、慌てて掌の外へ跳び出そうとした途端に、如来が手を翻して彼を取り抑え、そのまま五指を化して[36]五《ご》行山《ぎょうざん》とし、悟空をその山の下に押し込め、[37]唵嘛呢叭咪吽《おんまにはつめいうん》の六字を金書して山頂に貼りたもうた。世界が根底から覆り、今までの自分が自分でなくなったような昏迷《こんめい》に、悟空はなおしばらく震えていた。事実、世界は彼にとってその時以来一変したのである。爾後《じご》、飢うる時は鉄丸を食らい、渇する時は銅汁を飲んで、岩窟の中に封じられたまま、贖罪《しょくざい》の期の満ちるのを待たねばならなかった。悟空は、今までの極度の増上慢から、一転して極度の自信のなさに堕《お》ちた。彼は気が弱くなり、時には苦しさのあまり、

32 **東勝神州傲来国華果山** 四大陸の一つ、東勝神州の傲来国の沖合いに浮かぶ火山島・華果山の頂に一塊の仙石があった。孫悟空はその石から生まれた。 33 **里** 距離の単位。中国の一里は、約五〇〇メートル。 34 **觔斗雲** 孫悟空が操る仙術で、それに乗り空を飛ぶことのできる雲。「觔斗」は宙返りの意。 35 **斉天大聖** 孫悟空が自ら名乗った称号。「天にも斉しい大聖者」の意。 36 **五行山** 中国の国境の山であり、ここから先は妖仙の住む領域とされる。 37 **唵嘛呢叭咪吽** 梵語の「オン・マニ・パドメ・フン」の音写。チベット仏教で極楽往生を祈って唱える六字真言。「おお、蓮華《れんげ》上の摩陀《まに》珠よ」の意。

恥も外聞も構わずワアワアと大声で泣いた。五百年経《た》って、天竺《てんじく》[38]への旅の途中にたまたま通り掛かった三蔵法師が五行山頂の呪符を剝《は》がして悟空を解き放ってくれた時、彼はまたワアワアと泣いた。今度のは嬉《うれ》し涙であった。悟空が三蔵にしたがってはるばる天竺までついていこうというのも、ただこの嬉しさありがたさからである。実に純粋で、かつ、最も強烈な感謝であった。

さて、今にして思えば、釈迦牟尼によって取り抑えられた時の恐怖が、それまでの悟空の、途方もなく大きな（善悪以前の）存在に、一つの地上的制限を与えたもののようである。しかもなお、この猿の形をした大きな存在が地上の生活に役立つものとなるためには、五行山の重みの下に五百年間押し付けられ、小さく凝集する必要があったのである。だが、凝固して小さくなった現在の悟空が、俺たちから見ると、何と、段違いに素晴らしく大きく見事であることか！

三蔵法師は不思議な方である。実に弱い。驚くほど弱い。変化《へんげ》の術ももとより知らぬ。道で妖怪に襲われれば、すぐに摑《つか》まってしまう。弱いというよりも、まるで自己防衛の本能がないのだ。この意気地《いくじ》のない三蔵法師に、我々三人が斉《ひと》しく惹《ひ》かれているというのは、いったいどういうわけだろう？（こんなことを考えるのは俺だけだ。悟空も八戒もただ何となく師父を敬愛しているだけなのだから。）私は思うに、我々は師父のあの弱さの中に見られるある悲劇的なものに惹かれるのではないか。これこそ、我々・妖怪からの成り上がり者には絶対にないところのものなのだから。三蔵法師は、大きなものの中における自分の（あるいは人間の、あるいは生き物の）位置を――その哀れさと貴さとをハッキリ悟っておられる。しかも、その悲劇性に堪えてなお、正しく美しいものを勇敢に求めていかれる。確かにこれだ、我々になくて師にあるものは。なるほど、我々は師よりも腕力がある。多少の変化の術も心得ている。しかし、いったん己の位置の悲劇性を悟ったが最後、金輪際《こんりんざい》、正しく美しい生活を真面《まじ》目《め》に続けていくことができないに違いない。あの弱い師父の中にある、この貴い強さには、まったく驚嘆の外はない。内なる貴さが外の弱さに包まれているところに、師父の魅力があるのだと、俺は考える。もっとも、あの不埒《ふらち》な八戒の解釈によれば、俺たちの――少なくとも悟空の師父に対する敬愛の中には、多分に男色的要素が含まれ

38 **天竺**　インド。三蔵法師が大乗の仏典を求めにいく目的地。

ているというのだが。

まったく、悟空のあの実行的な天才に比べて、三蔵法師は、何と実務的には鈍物であることか！　だが、これは二人の生きることの目的が違うのだから問題にはならぬ。外面的な困難にぶつかった時、師父は、それを切り抜ける道を外に求めずして、内に求める。つまり自分の心をそれに耐え得るように構えるのである。いや、その時慌てて構えずとも、外的な事故によって内なるものが動揺を受けないように、平生から構えができてしまっている。いつどこで窮死してもなお幸福であり得る心を、師はすでに作り上げておられる。だから、外に道を求める必要がないのだ。我々から見ると危なくて仕方のない肉体上の無防御も、つまりは、師の精神にとって別に大した影響はないのである。悟空のほうは、見た目にはすこぶる鮮やかだが、しかし彼の天才をもってしてもなお打開できないような事態が世には存在するかも知れぬ。しかし、師の場合にはその心配はない。師にとっては、何も打開する必要がないのだから。

悟空には、嚇怒《かくど》[39]はあっても苦悩はない。歓喜はあっても憂愁はない。彼が単純にこの生を肯定できるのに何の不思議もない。三蔵法師の場合はどうか？　あの病身と、防ぐことを知らない弱さと、常に妖怪どもの迫害を受けている日々とをもってして、なお師父は楽しげに生を肯《うべな》われる。これは大したことではないか！

　おかしいことに、悟空は、師の自分より優っているこの点を理解していない。ただ何となく師父から離れられないのだと思っている。機嫌の悪い時には、自分が三蔵法師に従っているのは、ただ緊箍《きんこ》児《じゅ》（悟空の頭に嵌《は》められている金の輪で、悟空が三蔵法師の命に従わぬ時にはこの輪が肉に食い入って彼の頭を締め付け、堪え難い痛みを起こすのだ）のためだ、などと考えたりしている。そして「世話の焼ける先生だ。」などとブツブツ言いながら、妖怪に捕らえられた師父を救い出しにいくのだ。「危なくて見ちゃいられない。どうして先生はああなんだろうなあ！」と言う時、悟空はそれを弱きものへの憐愍《れんびん》だと自惚《うぬぼ》れているらしいが、実は、悟空の師に対する気持ちの中に、生き物のすべてがもつ、優者に対する本能的な畏敬、美と貴さへの憧憬が多分に加わっていることを、彼は自ら知らぬのである。

　もっとおかしいのは、師父自身が、自分の悟空に対する優越をご存じないことだ。妖怪の手から救い出されるたびごとに、師は涙を流して悟空に感謝される。「お前が

39 嚇怒　激しく怒ること。

助けてくれなかったら、わしの生命はなかったろうに！」と。だが、実際は、どんな妖怪に食われようと、師の生命は死にはせぬのだ。

二人とも自分たちの真の関係を知らずに、互いに敬愛し合って（もちろん、時にはちょっとしたいさかいはあるにしても）いるのは、面白い眺めである。およそ対蹠《たいせき》的なこの二人の間に、しかし、たった一つ共通点があることに、俺は気が付いた。それは、二人がその生き方において、ともに、所与を必然と考え、必然を完全と感じていることだ。さらには、その必然を自由と見做《みな》していることだ。[40]金剛石と炭とは同じ物質から出来上がっているのだそうだが、その金剛石と炭よりももっと違い方の甚だしいこの二人の生き方が、ともにこうした現実の受け取り方の上に立っているのは面白い。そして、この「必然と自由の等置」こそ、彼らが天才であることの印でなくて何であろうか？

悟空、八戒、俺と我々三人は、まったくおかしいくらいそれぞれに違っている。日が暮れて宿がなく、路傍の廃寺に泊まることに相談が一決する時でも、三人はそれぞれ違った考えの下《もと》に一致しているのである。悟空は、かかる廃寺こそ屈竟《くっきょう》の妖怪退治の場所だとして、進んで選ぶのだ。八戒は、今さらよそを尋ねるのも億劫《おつくう》だし、早く家に入って食事もしたいし、眠くもあるし、というのだし、俺の場合は、「どうせこの辺は邪悪な妖精に満ちているのだろう。どこへ行ったって災難に遭うのだとすれば、ここを災難の場所として選んでもいいではないか。」と考えるのだ。生きものが三人寄れば、皆このように違うものであろうか？　生きものの生き方ほど面白いものはない。

孫行者の華やかさに圧倒されて、すっかり影の薄らいだ感じだが、猪悟能《ちよごのう》八戒もまた特色のある男には違いない。とにかく、この豚は恐ろしくこの生を、この世を愛しておる。嗅覚・味覚・触覚のすべてを挙げて、この世に執しておる。ある時八戒が俺に言ったことがある。「我々が天竺へ行くのは何のためだ？　善業を修して来世に極楽に生まれんがためだろうか？　ところで、その極楽とはどんなところだろう。蓮《はす》の葉の上に乗っかってただゆらゆら揺れているだけではしようがないじゃないか。極楽にも、あの湯気の立つ羹《あつもの》[41]をフウフウ吹きながら吸う楽しみや、こりこり皮の焦げた香

40 金剛石　ダイヤモンド。炭素の同素体の一つ。41 羹　熱い吸い物。

ばしい焼き肉を頬張る楽しみがあるのだろうか？　そうでなくて、話に聞く仙人のようにただ霞《かすみ》を吸って生きていくだけだったら、ああ、嫌だ、嫌だ。そんな極楽なんか、真っ平だ！　たとい、辛いことがあっても、またそれを忘れさせてくれる、堪《こた》えられぬ楽しさのあるこの世が一番いいよ。少なくとも俺にはね。」そう言ってから八戒は、自分がこの世で楽しいと思う事柄を一つ一つ数え立てた。夏の木陰の午睡。渓流の水浴。月夜の吹笛。春暁の朝寝。冬夜の炉辺歓談。……何と楽しげに、また、何と数多くの項目を彼は数え立てたことだろう！　ことに、若い女人の肉体の美しさと、四季それぞれの食物の味に言い及んだ時、彼の言葉はいつまで経《た》っても尽きぬもののように思われた。俺はたまげてしまった。この世にかくも多くの楽しきことがあり、それをまた、かくも余すところなく味わっているやつがいようなどとは、考えもしなかったからである。なるほど、楽しむにも才能の要るものだなと俺は気が付き、爾来《じらい》、この豚を軽蔑することを止《や》めた。だが、八戒と語ることが繁《しげ》くなるにつれ、最近妙なことに気が付いてきた。それは、八戒の享楽主義の底に、時々、妙に不気味なものの影がちらりと覗《のぞ》くことだ。「師父に対する尊敬と、孫行者への畏怖とがなかったら、俺はとっくにこんな辛い旅なんか止めてしまっていたろう。」などと口では言っているくせに、実際はその享楽家的な外貌の下に戦々兢々《せんせんきょうきょう》として薄氷を踏むような思いの潜んでいることを、俺は確かに見抜いたのだ。いわば、天竺へのこの旅が、あの豚にとっても（俺にとってと同様）、幻滅と絶望との果てに、最後に縋《すが》り付いたただ一筋の糸に違いないと思われる節が確かにあるのだ。だが、今は八戒の享楽主義の秘密への考察に耽《ふけ》っているわけにはいかぬ。とにかく、今のところ、俺は孫行者からあらゆるものを学び取らねばならぬのだ。他のことを顧みている暇はない。三蔵法師の知恵や八戒の生き方は、孫行者を卒業してからのことだ。まだまだ俺は悟空からほとんど何ものをも学び取っておりはせぬ。流沙河《りゅうさが》[42]の水を出てから、いったいどれほど進歩したか？　依然たる呉下《ごか》[43]の旧阿蒙《きゅうあもう》ではないのか。この旅行における俺の役割にしたって、そうだ。平穏無事の時に悟空の行き過ぎを引き留め、毎日の八戒の怠惰を戒めること。それだけではないか。何も積極的な役割がないのだ。俺みたいな者は、いつどこの世に生まれても、結局は、調節者、忠告者、観測者にとどまるのだろうか。決して行動

42 流沙河　沙悟浄が住んでいた河。 43 呉下の旧阿蒙　昔のままで進歩のない人物。「阿」は親しみを表す語。三国時代、呉の魯粛《ろしゅく》が呂蒙《りょもう》に会って談議し、「呂蒙のことを武略に長じただけの人物と思っていたが、いまは学問も上達し、呉にいた頃の阿蒙ではない。」と言ったという「呉志」呂蒙伝注の故事による。

者にはなれないのだろうか？

　孫行者の行動を見るにつけ、俺は考えずにはいられない。「燃え盛る火は、自らの燃えていることを知るまい。自分は燃えているな、などと考えているうちは、まだ本当に燃えていないのだ。」と。悟空の闊達無碍《かったつむげ》の働きを見ながら俺はいつも思う。「自由な行為とは、どうしてもそれをせずにはいられないものが内に熟してきて、おのずと外に現れる行為の謂《いい》だ。」と。ところで、俺はそれを思うだけなのだ。まだ一歩でも悟空についていけないのだ。学ぼう、学ぼうと思いながらも、悟空の雰囲気の持つ桁《けた》違いの大きさに、また、悟空的なるものの肌合いの粗さに、恐れをなして近付けないのだ。実際、正直なところを言えば、悟空は、どう考えてもあまりありがたい朋輩《ほうばい》とは言えない。人の気持ちに思い遣《や》りがなく、ただもう頭からガミガミ怒鳴り付ける。自己の能力を標準にして他人《ひと》にもそれを要求し、それができないからとて怒りつけるのだから堪らない。彼は自分の才能の非凡さについての自覚がないのだとも言える。彼が意地悪でないことだけは、確かに俺たちにもよく分かる。ただ彼には弱者の能力の程度がうまく呑《の》み込めず、従って、弱者の狐疑・躊躇《ちゆうちよ》・不安などにいっこう同情がないので、つい、あまりのじれったさに癇癪《かんしやく》を起こすのだ。俺たちの無能力が彼を怒らせさえしなければ、彼は実に人の善い無邪気な子供のような男だ。八戒はいつも寝過ごしたり怠けたり化け損なったりして、怒られ通しである。俺が比較的彼を怒らせないのは、今まで彼と一定の距離を保っていて彼の前にあまりボロを出さないようにしていたからだ。こんなことではいつまで経っても学べるわけがない。もっと悟空に近付き、いかに彼の荒さが神経にこたえようとも、どしどし叱られ殴られ罵られ、こちらからも罵り返して、身をもってあの猿からすべてを学び取らねばならぬ。遠方から眺めて感嘆しているだけでは何にもならない。

夜。俺は独り目覚めている。

今夜は宿が見付からず、山陰の渓谷の大樹の下に草を敷いて、四人がごろ寝をしている。一人おいて向こうに寝ているはずの悟空の鼾《いびき》が山谷《さんこく》に谺《こだま》するばかりで、そのたびに頭上の木の葉の露がパラパラと落ちてくる。夏とはいえ、山の夜気はさすがにうすら寒い。もう真夜中は過ぎたに違いない。俺は先刻から仰向けに寝ころんだまま、木の葉の隙から覗く星どもを見上げている。寂しい。何かひどく寂しい。自分があの寂しい星の上にたった独りで立って、真っ暗な、冷たい、何にもない世界の夜を眺めているような気がする。星というやつは、以前から、永遠だの無限だのということを考えさせるので、どうも苦手だ。それでも、仰向いているものだから、いやでも星を見ないわけにいかない。青白い大きな星の傍らに、紅《あか》い小さな星がある。そのずっと下のほうに、やや黄色味を帯びた暖かそうな星があるのだが、それは風が吹いて葉が揺れるたびに、見えたり隠れたりする。流れ星が尾を引いて、消える。なぜか知らないが、その時ふと俺は、三蔵法師の澄んだ寂しげな目を思い出した。常に遠くを見詰めているような、何物かに対する憫《あわ》れみをいつも湛えているような目である。それが何に対する憫れみなのか、平生はいっこう見当が付かないでいたが、今、ひょいと、分かったような気がした。師父はいつも永遠を見ていられる。それから、その永遠と対比された地上のなべてのものの運命《さだめ》をもはっきりと見ておられる。いつかは来る滅亡《ほろび》の前に、それでも可憐《かれん》に花開こうとする知恵や愛情《なさけ》や、そうした数々の善きものの上に、師父は絶えずじっと愍《あわ》れみの眼差《まなざ》しを注いでおられるのではなかろうか。星を見ていると、何だかそんな気がしてきた。俺は起き上がって、隣に寝ておられる師父の顔を覗き込む。しばらくその安らかな寝顔を見、静かな寝息を聞いているうちに、俺は、心の奥に何かがポッと点火されたようなほの温かさを感じてきた。

弟《てい》子《し》

発表——一九四三（昭和一八）年
高校国語教科書初出——一九五二（昭和二七）年
好学社『高等文学 二下』

一

魯《ろ》[1]の卞《べん》[2]の游俠《ゆうきょう》[3]の徒、仲由《ちゅうゆう》、字《あざな》は子路という者が、近頃賢者の噂《うわさ》も高い学匠・陬人孔丘《すうひとこうきゅう》[4]を辱めてくれようものと思い立った。似而非《えせ》賢者何ほどのことやあらんと、蓬頭突鬢《ほうとうとつびん》[5]・垂冠・短後《たんこう》の衣という服装《いでたち》で、左手に雄雞《おんどり》、右手に雄豚を引き提げ、勢い猛に、孔丘が家を指して出掛ける。雞を揺り豚を奮い、嗷《かまびす》しい脣吻《しんぷん》の音をもって、儒家の絃歌講誦《げんかこうしょう》[6]の声を擾《みだ》そうというのである。

けたたましい動物の叫びとともに目を瞋《いか》らして跳び込んできた青年と、圜冠句履《えんかんこうり》[7]緩く玦《けつ》[8]を帯びて几《き》[9]に凭《よ》った温顔の孔子との間に、問答が始まる。

---

1 **魯**　中国の周、春秋・戦国時代の国の一つ。前一〇五五—前二四九年。孔子の生地。2 **卞**　魯の国の地名。3 **游俠**　仁義を重んじ、強きをくじき、弱きを助けること。4 **陬人孔丘**　「陬人」は、陬生まれの人。「陬」は、魯の邑《ゆう》の地名。「孔丘」は孔子で、「丘」は名。前五五二—前四七九年。儒家の始祖。5 **蓬頭突鬢・垂冠・短後の衣という服装**　髪をくしゃくしゃにして鬢《びん》の毛を立て、冠を低く傾け、着物の後ろを短くした姿。6 **絃歌講誦**　琴に合わせて詩を吟じ、声に出して文を読むこと。儒学の講義。7 **圜冠句履**　儒者のかぶる丸い冠と、先の曲がった履物。8 **玦**　古代に男子が身に着けた装飾品の玉。一部分が欠けた環状をしている。9 **几**　肘掛け。

「汝《なんじ》、何をか好む？」と孔子が聞く。

「我、長剣を好む。」と青年は昂然《こうぜん》として言い放つ。

孔子は思わずニコリとした。青年の声や態度の中に、あまりに稚気満々たる誇負を見たからである。血色のいい、眉の太い、目のはっきりした、見るからに精悍《せいかん》そうな青年の顔には、しかし、どこか、愛すべき素直さがおのずと現れているように思われる。再び孔子が聞く。

「学はすなわちいかん？」

「学、豈《あに》、益あらんや。」もともとこれを言うのが目的なのだから、子路は勢い込んで怒鳴るように答える。

学の権威について云々《うんぬん》されては微笑《わら》ってばかりもいられない。孔子は諄々《じゅんじゅん》[10]として学の必要を説き始める。人君[11]にして諫臣《かんしん》[12]がなければ正《せい》を失い、士にして教友がなければ聴《ちょう》[13]を失う。木も縄を受けて初めて直くなるのではないか。馬に策《むち》が、弓に檠《けい》[14]が必要なように、人にも、その放恣《ほうし》な性情を矯める教学が、どうして必要でなかろうぞ。匡《ただ》し理《おさ》め磨いて、初めてものは有用の材となるのだ。

後世に残された語録の字面などからはとうてい想像もできぬ、きわめて説得的な弁舌を孔子はもっていた。言葉の内容ばかりでなく、その穏やかな音声・抑揚の中にも、それを語る時のきわめて確信に満ちた態度の中にも、どうしても聴者を説得せずにはおかないものがある。青年の態度からは次第に反抗の色が消えて、ようやく謹聴の様子に変わってくる。

「しかし」と、それでも子路はなお逆襲する気力を失わない。南山[15]の竹は揉《た》めずして自ら直く、斬ってこれを用うれば犀革《さいかく》の厚きをも通すと聞いている。して見れば、天性優れたる者にとって、何の学ぶ必要があろうか？

孔子にとって、こんな幼稚な譬喩《ひゆ》を打ち破るほどたやすいことはない。汝の言うその南山の竹に矢の羽をつけ鏃《やじり》をつけてこれを礪《みが》いたならば、ただに犀革を通すのみではあるまいに、と孔子に言われた時、愛すべき単純な若者は返す言葉に窮した。顔を赤らめ、しばらく孔子の前に突っ立ったまま何か考えている様子だったが、急に雛と豚とを放り出し、頭を垂れて、「謹しんで教えを受けん。」と降参した。単に言葉に窮

10 **諄々** 繰り返し丁寧に行うさま。11 **人君** 君主。12 **諫臣** いさめる臣下。13 **聴** 物事を聞き分け判断すること。
14 **檠** ゆだめ。弓のゆがみを正す器具。15 **南山** 陝西《せんせい》省の西安の南東にある山。古来、詩によく詠まれた。終南山。

したためではない。実は、部屋に入って孔子の姿を見、その最初の一言を聞いた時、ただちに雞豚《けいとん》の場違いであることを感じ、己とあまりにも懸絶した相手の大きさに圧倒されていたのである。

即日、子路は師弟の礼を執って孔子の門に入った。

二

このような人間を、子路は見たことがない。力千鈞《せんきん》[16]の鼎《かなえ》を挙げる勇者を彼は見たことがある。明《めい》千里[17]の外を察する知者の話も聞いたことがある。しかし、孔子にあるものは、決してそんな怪物めいた異常さではない。ただ最も常識的な完成に過ぎないのである。知情意のおのおのから肉体的の諸能力に至るまで、実に平凡に、しかし実に伸び伸びと発達した見事さである。一つ一つの能力の優秀さが全然目立たないほど、過不及なく均衡のとれた豊かさは、子路にとってまさしく初めて見るところのものであった。闊達《かったつ》自在、いささかの道学者臭[18]もないのに子路は驚く。この人は苦労人だなとすぐに子路は感じた。おかしいことに、子路の誇る武芸や膂力《りよりよく》[19]においてさえ孔子の方が上なのである。ただそれを平生用いないだけのことだ。俠者子路はまずこの点で度胆を抜かれた。放蕩《ほうとう》無頼の生活にも経験があるのではないかと思われるくらい、あらゆる人間への鋭い心理的洞察がある。そういう一面から、また一方、きわめて高く汚れないその理想主義に至るまでの幅の広さを考えると、子路はウーンと心の底から呻《うな》らずにはいられない。とにかく、この人はどこへ持っていっても大丈夫な人だ。潔癖な倫理的な見方からしても大丈夫だし、最も世俗的な意味から言っても大丈夫だ。子路が今までに会った人間の偉さは、どれも皆その利用価値の中にあった。これこれの役に立つから偉いというに過ぎない。孔子の場合は全然違う。ただそこに孔子という人間が存在するというだけで充分なのだ。少なくとも子路には、そう思えた。彼はすっかり心酔してしまった。門に入っていまだ一月ならずして、もはや、この精神的支柱から離れ得ない自分を感じていた。

後年の孔子の長い放浪の艱苦《かんく》を通じて、子路ほど欣然《きんぜん》として従った者はない。それ

16 **千鈞の鼎**「鈞」は、重さの単位。「鼎」は、祭儀に用いる容器。非常に重いこと。きわめて価値の高いことのたとえ。17 **里** 距離の単位。中国の一里は、約五〇〇メートル。18 **道学者臭** 理にかたよって頑迷な雰囲気。19 **膂力** 腕力。

は、孔子の弟子たることによって仕官の道を求めようとするのでもなく、また、滑稽なことに、師の傍らにあって己の才徳を磨こうとするのでさえもなかった。死に至るまで変わらなかった、極端に求むるところのない、純粋な敬愛の情だけが、この男を師の傍らに引き留めたのである。かつて長剣を手離せなかったように、子路は今は何としてもこの人から離れられなくなっていた。

その時、四十而不惑《しじゅうにしてまどわず》といった、その四十歳に孔子はまだ達していなかった。子路よりわずか九歳の年長に過ぎないのだが、子路はその年齢の差をほとんど無限の距離に感じていた。

孔子は孔子で、この弟子の際立った慣らし難さに驚いている。単に勇を好むとか柔を嫌うとかいうならば幾らでも類はあるが、この弟子ほどものの形を軽蔑する男も珍しい。究極は精神に帰すると言いじょう、礼なるものはすべて形から入らねばならぬのに、子路という男は、その形から入っていくという筋道を容易に受けつけないのである。「[20]礼といい礼という。玉帛《ぎょくはく》をいわんや[21]。楽《がく》といい楽という。鐘鼓《しょうこ》をいわんや。」などというと大いに喜んで聞いているが、曲礼の細則を説く段になるとにわかにつまらなさそうな顔をする。形式主義への、この本能的忌避と闘ってこの男に礼楽[22]を教えるのは、孔子にとってもなかなかの難事であった。が、それ以上に、これを習うことが子路にとっての難事業であった。子路が頼るのは孔子という人間の厚みだけである。その厚みが、日常の区々たる細行の集積であるとは、子路には考えられない。本があって初めて末が生ずるのだと彼は言う。しかしその本をいかにして養うかについての実際的な考慮が足りないとて、いつも孔子に叱られるのである。彼が孔子に心服するのは一つのこと。彼が孔子の感化をただちに受けつけたかどうかは、また別のことに属する。

上智《じょうち》[23]と下愚《かぐ》は移り難いと言った時、孔子は子路のことを考えに入れていなかった。欠点だらけではあっても、子路を下愚とは孔子も考えない。孔子はこの剽悍《ひょうかん》[24]な弟子の無類の美点を誰よりも高く買っている。それはこの男の純粋な没利害性のことだ。こ

---

20 礼といい礼という。……『論語』陽貨篇《へん》にある。「玉帛」は、神にささげる玉や絹。 21 曲礼の細則　立ち居振る舞いについての細かい決まり。 22 礼楽　礼儀と音楽。孔子は、心を和らげてくれる音楽をとくに重視した。 23 上智と下愚は移り難い　多くの人は学習と努力によって変わることができるが、ただ最高の知者と最低の愚者は変わることがない。『論語』陽貨篇にある。 24 剽悍　素早いうえに、荒々しくて強いさま。

の種の美しさは、この国の人々の間にあってはあまりにも稀なので、子路のこの傾向は、孔子以外の誰からも徳としては認められない。むしろ一種の不可解な愚かさとして映るに過ぎないのである。しかし、子路の勇も政治的才幹も、この珍しい愚かさに比べれば、ものの数でないことを、孔子だけはよく知っていた。

師の言に従って己を抑え、とにもかくにも形に就こうとしたのは、親に対する態度においてであった。孔子の門に入って以来、乱暴者の子路が急に親孝行になったという親戚じゅうの評判である。褒められて子路は変な気がした。親孝行どころか、嘘《うそ》ばかりついているような気がして仕方がないからである。我が儘《まま》を言って親をてこずらせていた頃のほうが、どう考えても正直だったのだ。今の自分の偽りに喜ばされている親たちが少々情けなくも思われる。こまかい心理分析家ではないけれども、きわめて正直な人間だったので、こんなことにも気が付くのである。ずっと後年になって、ある時突然、親の老いたことに気が付き、己の幼かった頃の両親の元気な姿を思い出したら、急に涙が出てきた。その時以来、子路の親孝行は無類の献身的なものとなるのだが、とにかく、それまでの彼の俄《にわ》か孝行はこんな具合であった。

三

ある日子路が街を歩いていくと、かつての友人の二、三に出会った。無頼とはいえぬまでも放縦《ほうしょう》にして拘《こだ》わるところのない游俠の徒である。子路は立ち止まってしばらく話した。そのうちに彼らの一人が子路の服装をじろじろ見回し、やあ、これが儒服というやつか？　ずいぶんみすぼらしいなりだな、と言った。長剣が恋しくはないかい、とも言った。子路が相手にしないでいると、今度は聞き捨てのならぬことを言い出した。どうだい。あの孔丘という先生はなかなかの食わせものだっていうじゃないか。しかつめらしい顔をして心にもないことをまことしやかに説いていると、えらく甘い汁が吸えるものと見えるなあ。別に悪意があるわけではなく、心安立てからのいつもの毒舌だったが、子路は顔色を変えた。いきなりその男の胸倉を摑《つか》み、右手の拳をしたたか横面に飛ばした。二つ三つ続けざまに食らわしてから手を離すと、相手は意気地なく倒れた。呆気《あっけ》に取られている他の連中に向かっても子路は挑戦的な目を向けたが、子路の剛勇を知る彼らは向かってこようともしない。殴られた男を左右から助け起こし、捨て台詞《ぜりふ》一つ残さずにこそこそと立ち去った。

いつかこのことが孔子の耳に入ったものと見える。子路が呼ばれて師の前に出ていった時、直接には触れないながら、次のようなことを聞かされねばならなかった。古《いにしえ》の君子は忠をもって質[25]となし仁をもって衛[26]となした。不善ある時はすなわち忠をもってこれを化し、侵暴ある時はすなわち仁をもってこれを固うした。腕力の必要を見ぬゆえんである。とかく小人は不遜をもって勇と見做《みな》しがちだが、君子の勇とは義を立つることの謂《いい》である云々。神妙に子路は聞いていた。

数日後、子路がまた街を歩いていると、往来の木陰で閑人たちの盛んに弁じている声が耳に入った。それがどうやら孔子の噂のようである。——昔、昔、と何でも古を担《かつ》ぎ出して今を貶《おと》す。誰も昔を見たことがないのだから何とでも言えるわけさ。しかし昔の道を杓子《しやくし》定規にそのまま踏んで、それで巧《うま》く世が治まるくらいなら、誰も苦労はしないよ。俺たちにとっては、死んだ周公[27]よりも生ける陽虎《ようこ》[28]様のほうが偉いということになるのさ。

下克上の世であった。政治の実権が魯侯《ろこう》からその大夫たる季孫氏《きそんし》の手に移り、それが今やさらに季孫氏の臣たる陽虎という野心家の手に移ろうとしている。しゃべっている当人はあるいは陽虎の身内の者かも知れない。

――ところで、その陽虎様がこの間から孔丘を用いようと何度も迎えを出されたのに、何と、孔丘のほうからそれを避けているというじゃないか。口ではたいそうなことを言っていても、実際の生きた政治にはまるで自信がないのだろうよ。あの手合いはね。

子路は背後《うしろ》から人々を分けて、つかつかと弁者の前に進み出た。人々は彼が孔門の徒であることをすぐに認めた。今まで得々と弁じ立てていた当の老人は、顔色を失い、意味もなく子路の前に頭を下げてから人垣の背後に身を隠した。眦《まなじり》を決した子路の形相があまりにすさまじかったのであろう。

25 **質** 根本。26 **衛** 営み。27 **周公** 周代初期の政治家。殷《いん》を滅ぼして周の基礎を固め、封ぜられて魯の祖となった。礼を整備し天下を収めた聖人として、孔子が尊敬した。28 **陽虎** 春秋時代の魯の政治家。季孫斯《きそんし》から魯の実権を奪った。前五〇五年、孔子を召し抱えようとしたが、実現しなかった。

その後しばらく、同じようなことが処々で起こった。肩を怒らせ炯々《けいけい》と目を光らせた子路の姿が遠くから見え出すと、人々は孔子を刺《そし》る口を噤《つぐ》むようになった。子路はこのことでたびたび師に叱られるが、自分でもどうしようもない。彼は彼なりに心の中では言い分がないでもない。いわゆる君子なるものが俺と同じ強さの忿怒《ふんぬ》を感じてなおかつそれを抑え得るのだったら、そりゃ偉い。しかし、実際は、俺ほど強く怒りを感じやしないんだ。少なくとも、抑え得る程度に弱くしか感じていないのだ。きっと……。

一年ほど経《た》ってから孔子が苦笑とともに嘆じた。由《ゆう》が門に入ってから自分は悪言を耳にしなくなったと。

四

ある時、子路が一室で瑟《しつ》[29]を鼓していた。

孔子はそれを別室で聞いていたが、しばらくして傍らなる冉有《ぜんゆう》に向かって言った。

あの瑟の音を聞くがよい。[30]暴厲《ぼうれい》の気がおのずから漲《みなぎ》っているではないか。君子の音は温柔にして中《ちゅう》におり、生育の気を養うものでなければならぬ。昔[31]舜《しゅん》は五絃琴《ごげんきん》を弾じて[32]南風の詩を作った。南風の薫《くん》ずるやもって我が民の慍《いか》りを解くべし。南風の時なるやもって我が民の財を[33]阜《おおい》にすべしと。今由の音を聞くに、まことに殺伐激越、南音にあらずして[34]北声に類するものだ。弾者の荒怠暴恣《ぼうし》の心状をこれほど明らかに映し出したものはない。――

後、冉有が子路のところへ行って[35]夫子《ふうし》の言葉を告げた。

子路はもともと自分に楽才の乏しいことを知っている。そして自らそれを耳と手のせいに帰していた。しかし、それが実はもっと深い精神の持ち方から来ているのだと聞かされた時、彼は愕然《がくぜん》として恐れた。大切なのは手の習練ではない。もっと深く考えねばならぬ。彼は一室に閉じ籠もり、静思して食らわず、もって[36]骨立するに至った。数日の後、ようやく思い得たと信じて、再び瑟を執った。そうして、きわめて恐る恐

29 **瑟**　古代中国の琴に似た弦楽器。　30 **暴厲**　激しく荒いこと。　31 **舜**　古代中国の伝説の帝。堯《ぎょう》と並び称される理想的帝王。　32 **南風の詩**　舜の作と伝えられる五言の古詩。　33 **阜**　豊か。　34 **北声**　北方の荒々しい音楽。　35 **夫子**　先生。賢者などに対する敬称。　36 **骨立**　痩せて骨が浮いてくること。

る弾じた。その音を漏れ聞いた孔子は、今度は別に何も言わなかった。咎《とが》めるような顔色も見えない。子貢《しこう》が子路のところへ行ってそのむねを告げた。師の咎がなかったと聞いて子路は嬉《うれ》しげに笑った。

人のよい兄弟子の嬉しそうな笑顔を見て、若い子貢も微笑を禁じ得ない。聡明《そうめい》な子貢はちゃんと知っている。子路の奏でる音が依然として殺伐な北声に満ちていることを。そうして、夫子がそれを咎めたまわぬのは、痩せ細るまで苦しんで考え込んだ子路の一本気を愍《あわ》れまれたために過ぎないことを。

五

弟子の中で、子路ほど孔子に叱られる者はない。子路ほど遠慮なく師に反問する者もない。「請う。古の道を釈《す》てて[37]由の意を行わん。可ならんか。」などと、叱られるに決まっていることを聞いてみたり、孔子に面と向かってずけずけと「これあるかな。子の迂《う》[38]なるや！」などと言ってのける人間は他に誰もいない。それでいて、また、子路ほど全身的に孔子に凭《よ》り掛かっている者もないのである。どしどし問い返すのは、心から納得できないものを表面《うわべ》だけ諾《うべな》うことのできぬ性分だからだ。また、他の弟子たちのように、嗤《わら》われまい叱られまいと気を遣わないからである。

子路が他のところではあくまで人の下風に立つを潔しとしない独立不羈《ふき》の男であり、[39]一諾千金の快男児であるだけに、[40]碌々《ろくろく》たる凡弟子《ぼんていし》然として孔子の前に侍《はんべ》っている姿は、人々に確かに奇異な感じを与えた。事実、彼には、孔子の前にいる時だけは複雑な思索や重要な判断は一切師に任せてしまって自分は安心しきっているような滑稽な傾向もないではない。母親の前では自分にできることまでも、してもらっている幼児と同じような具合である。退いて考えてみて、自ら苦笑することがあるくらいだ。

だが、これほどの師にもなお触れることを許さぬ胸中の奥所がある。ここばかりは譲れないというぎりぎり結着のところが。

すなわち、子路にとって、この世に一つの大事なものがある。そのものの前には死

37 **由の意**　子路自身の考え。38 **迂**　時世や事情に疎く、見当外れであること。39 **一諾千金**　一度承知したら必ず実行すること。40 **碌々たる**　平凡なさま。

生も論ずるに足りず、いわんや、区々たる利害のごとき、問題にはならない。俠といえばやや軽すぎる。信といい義というと、どうも道学者流で自由な躍動の気に欠ける憾《うら》みがある。そんな名前はどうでもいい。子路にとって、それは快感の一種のようなものである。とにかく、それの感じられるものが善きことであり、それの伴わないものが悪《あ》しきことだ。きわめてはっきりしていて、いまだかつてこれに疑いを感じたことがない。孔子の言う仁とはかなり開きがあるのだが、子路は師の教の中から、この単純な倫理観を補強するようなものばかりを選んで摂《と》り入れる。[41]巧言令色足恭《コウゲンレイショクスウキョウ》、怨《ウラミ》ヲ匿《カク》シテ其《ソ》ノ人ヲ友トスルハ、丘之《コレ》ヲ恥《ハ》ヅとか、[42]生ヲ求メテ以《モッ》テ仁ヲ害スルナク身ヲ殺シテ以テ仁ヲ成スアリとか、[43]狂者ハ進ンデ取リ狷者《ケンジャ》ハ為《ナ》サザル所アリとかいうのが、それだ。孔子も初めはこの[44]角《つの》を矯めようとしないではなかったが、後には諦めて止《や》めてしまった。とにかく、これはこれで一匹の見事な牛には違いないのだから。策《むち》を必要とする弟子もあれば、手綱を必要とする弟子もある。容易な手綱では抑えられそうもない子路の性格的欠点が、実は同時にかえって大いに用うるに足るものであることを知り、子路には大体の方向の指示さえ与えればよいのだと考えていた。[45]敬ニシテ礼ニ中《アタ》ラザルヲ野トイヒ、勇ニシテ礼ニ中ラザルヲ逆トイフとか、[46]信ヲ好ンデ学ヲ好マザレバソノ蔽《ヘイ》ヤ賊《ゾク》、直ヲ好ンデ学ヲ好マザレバソノ蔽ヤ絞《カウ》などというのも、結局は、個人としての子路に対してよりも、いわば塾頭格としての子路に向かっての叱言《こごと》である場合が多かった。子路という特殊な個人にあってはかえって魅力となり得るものが、他の門生一般についてはおおむね害となることが多いからである。

六

晋《しん》[47]の魏楡《ぎゆ》の地で石がものを言ったという。民の怨嗟《えんさ》の声が石を借りて発したのであ

41 巧言令色足恭……「巧言」は、言葉をうまく飾ること。「令色」は、上辺だけ愛想よくとりつくろうこと。「足恭」は、度を過ぎておもねること。『論語』公冶長《こうやちょう》篇にある。42 生ヲ求メテ……『論語』衛霊公篇にある。43 狂者ハ進ンデ取リ……「狂者」は、志が高く情熱のある人。「狷者」は、節操が固く妥協しない人。調和のとれた人を友にできない場合は、積極的な「狂者」かじっくりと構えた「狷者」を選んだほうが主体性という点で優れている、というもの。『論語』子路篇にある。44 角を矯めよう 曲がった牛の角をまっすぐにするために、叩《たた》いたり引っぱったりすること。欠点を直そうとすること。45 敬ニシテ礼ニ中ラザルヲ……「野」は粗野なこと。「逆」は道を踏み外すこと。『礼記』仲尼燕居《ちゅうじえんきょ》にある。46 信ヲ好ンデ学ヲ好マザレバ……「蔽」は弊害。「賊」は、人を害すること。「絞」は、窮屈なこと。『論語』陽貨篇にある。47 晋 周、春秋時代の国の一つ。前一一世紀—前三七六年。

ろうと、ある賢者が解した。すでに衰微した周室はさらに二つに分かれて争っている。十に余る大国はそれぞれ相結び相闘って干戈《かんか》の止む時がない。斉侯[48]《せいこう》の一人は臣下の妻に通じて夜ごとその邸《やしき》に忍んでくるうちについにその夫に弑《しい》せられてしまう。楚[49]《そ》では王族の一人が病臥《びょうが》中の王の頸《くび》をしめて位を奪う。呉[50]《ご》では足頸《あしくび》を斬り取られた罪人どもが王を襲い、晋では二人の臣が互いに妻を交換し合う。このような世の中であった。

魯の昭公[51]は上卿季平子《じょうけいきへいし》を討とうとしてかえって国を追われ、亡命七年にして他国で窮死する。亡命中帰国の話がととのいかかっても、昭公に従った臣下どもが帰国後の己の運命を案じ公を引き留めて帰らせない。魯の国は季孫・叔孫《しゅくそん》・孟孫《もうそん》三氏の天下から、さらに季氏の宰・陽虎の恣《ほしいまま》な手に操られていく。

ところが、その策士陽虎が結局己の策に倒れて失脚してから、急にこの国の政界の風向きが変わった。思いがけなく孔子が中都の宰として用いられることになる。公平無私な官吏や苛斂誅求[52]《かれんちゅうきゅう》を事とせぬ政治家の皆無だった当時のこととて、孔子の公正な方針と周到な計画とはごく短い期間に驚異的な治績を挙げた。すっかり驚嘆した主君の定公[53]が問うた。汝の中都を治めしところの法をもって魯国を治むればすなわちいかん？　孔子が答えて言う。何ぞただ魯国のみならんや。天下を治むるといえども可ならんか。およそ法螺《ほら》とは縁の遠い孔子がすこぶる恭しい調子で澄ましてこうした壮語を弄したので、定公はますます驚いた。彼は直ちに孔子を司空[54]に挙げ、続いて大司《だいし》寇《こう》[55]に進めて宰相のことをも兼ね摂らせた。孔子の推挙で子路は魯国の内閣書記官長とも言うべき季氏の宰となる。孔子の内政改革案の実行者として真っ先に活動したことは言うまでもない。

孔子の政策の第一は中央集権すなわち魯侯の権力強化である。このためには、現在魯侯よりも勢力をもつ季・叔・孟・三桓《かん》[56]の力を削《そ》がねばならぬ。三氏の私城にして百《ひゃく》雉《ち》（厚さ三丈[57]、高さ一丈）を超えるものに郈《こう》・費《ひ》・成《せい》の三地がある。まずこれらを毀《こぼ》つことに孔子は決め、その実行に直接当たったのが子路であった。

自分の仕事の結果がすぐにはっきりと現れてくる、しかも今までの経験にはなかっ

---

48 **斉** 周、春秋時代の国の一つ。前一〇四六—前三八六年。 49 **楚** 周、春秋・戦国時代の国の一つ。?—前二二三年。 50 **呉** 春秋時代の国の一つ。前五八五—前四七三年。 51 **昭公** 魯の第二五代君主。?—前五一〇年。前五一七年、実権を握っていた季孫《きそん》の平子《へいし》を討つが、大敗した。 52 **苛斂誅求** 税金などを厳しく取り立てること。 53 **定公** 魯の第二六代君主。?—前四九五年。 54 **司空** 土地・民事をつかさどる官。 55 **大司寇** 法令をつかさどる役所の長官。 56 **三桓** 季孫・叔孫・孟孫の各氏はいずれも第一五代君主・桓公《かんこう》（?—前六九四年）の血統なので、こう呼ばれた。 57 **丈** 長さの単位。一丈は、約三メートル。

たほどの大きい規模で現れてくることは、子路のような人間にとって確かに愉快に違いなかった。ことに、既成政治家の張り巡らした奸悪《かんあく》な組織や習慣を一つ一つ破砕していくことは、子路に、今まで知らなかった一種の生き甲斐《がい》を感じさせる。多年の抱負の実現に生き生きと忙しげな孔子の顔を見るのも、さすがに嬉しい。孔子の目にも、弟子の一人としてではなく一個の実行力ある政治家としての子路の姿が頼もしいものに映った。

費の城を壊しに掛かった時、それに反抗して公山不狃《こうざんふじゅう》という者が費人を率い魯の都を襲うた。武子台に難を避けた定公の身辺にまで叛軍《はんぐん》の矢が及ぶほど、一時は危なかったが、孔子の適切な判断と指揮とによって纔《わず》かに事なきを得た。子路はまた改めて師の実際家的手腕に敬服する。孔子の政治家としての手腕はよく知っているし、またその個人的な膂力の強さも知ってはいたが、実際の戦闘に際してこれほどの鮮やかな指揮ぶりを見せようとは思いがけなかったのである。もちろん、子路自身もこの時は真っ先に立って奮い戦った。久しぶりに揮《ふる》う長剣の味も、まんざら捨てたものではない。とにかく、経書の字句をほじくったり古礼を習うたりするよりも、粗い現実の面と取り組み合って生きて行くほうが、この男の性に合っているようである。

斉との間の屈辱的講和のために、定公が孔子を随《したが》えて斉の景公[58]と峡谷の地に会したことがある。その時孔子は斉の無礼を咎《とが》めて、景公始め群卿諸大夫を頭ごなしに叱咤《しった》した。戦勝国たるはずの斉の君臣一同ことごとく震え上がったとある。子路をして心からの快哉《かいさい》を叫ばしめるに充分な出来事ではあったが、この時以来、強国斉は、隣国の宰相としての孔子の存在に、あるいは孔子の施政の下《もと》に充実していく魯の国力に、恐れを抱き始めた。苦心の結果、まことにいかにも古代支那《しな》式な苦肉の策が採られた。すなわち、斉から魯へ贈るに、歌舞に長じた美女の一団をもってしたのである。こうして魯侯の心を蕩《とろ》かし定公と孔子との間を離間しようとしたのだ。ところで、さらに古代支那式なのは、この幼稚な策が、魯国内反孔子派の策動と相俟《あいま》って、あまりにも速く効を奏したことである。魯侯は女楽に耽《ふけ》ってもはや朝《ちょう》に出なくなった。季桓子《きかんし》以下の大官連もこれに倣い出す。子路は真っ先に憤慨して衝突し、官を辞した。孔子は子路ほど早く見切りをつけず、なお尽くせるだけの手段を尽くそうとする。子路は孔

58 景公　斉の第二六代君主。?—前四九〇年。

子に早く辞めてもらいたくて仕方がない。師が臣節を汚すのを恐れるのではなく、ただこの淫らな雰囲気の中に師を置いて眺めるのが堪《たま》らないのである。

孔子の粘り強さもついに諦めねばならなくなった時、子路はほっとした。そうして、師に従って喜んで魯の国を立ち退《の》いた。

作曲家でもあり作詞家でもあった孔子は、次第に遠離《とおざか》りゆく都城を顧みながら、歌う。

[59]かの美婦の口には君子ももって出走すべし。かの美婦の謁《えっ》には君子ももって死敗すべし。……

かくて、爾後《じご》永年にわたる孔子の遍歴が始まる。

七

大きな疑問が一つある。子供の時からの疑問なのだが、成人になっても老人になりかかってもいまだに納得できないことに変わりはない。それは、誰もがいっこうに怪しもうとしない事柄だ。邪が栄えて正が虐げられるという、ありきたりの事実についてである。

この事実にぶつかるごとに、子路は心からの悲憤を発しないではいられない。なぜだ？　なぜそうなのだ？　悪は一時栄えても結局はその報いを受けると人は言う。なるほどそういう例もあるかも知れぬ。しかし、それも人間というものが結局は破滅に終わるという一般的な場合の一例なのではないか。善人が究極の勝利を得たなどという例《ためし》は、遠い昔は知らず、今の世ではほとんど聞いたことさえない。なぜだ？　なぜだ？　大きな子供・子路にとって、こればかりは幾ら憤慨しても憤慨し足りないのだ。彼は地団駄を踏む思いで、天とは何だと考える。天は何を見ているのだ。そのような運命を作り上げるのが天なら、自分は天に反抗しないではいられない。天は人間と獣との間に区別を設けないと同じく、善と悪との間にも差別を立てないのか。正とか邪とかは畢竟《60ひっきょう》人間の間だけの仮の取り決めに過ぎないのか？　子路がこの問題で孔子のところへ聞きにいくと、いつも決まって、人間の幸福というものの真の在り方について説き聞かせられるだけだ。善をなすことの報いは、では結局、善をなしたという満

59 かの美婦の口には……　ほぼ同じ歌が『史記』孔子世家にある。「謁」は頼み事。60 畢竟　結局。

足の外にはないのか？　師の前では一応納得したような気になるのだが、さて退いて独りになって考えてみると、やはりどうしても釈然としないところが残る。そんな無理に解釈してみたあげくの幸福なんかでは承知できない。誰が見ても文句のない、はっきりした形の善報が義人の上に来るのでなくては、どうしても面白くないのである。

天についてのこの不満を、彼は何よりも師の運命について感じる。ほとんど人間とは思えないこの大才、大徳が、なぜこうした不遇に甘んじなければならぬのか。家庭的にも恵まれず、年老いてから放浪の旅に出なければならぬような不運が、どうしてこの人を待たねばならぬのか。一夜、「[61]鳳鳥《ほうちょう》至らず。河、図《と》を出さず。已《や》んぬるかな。」と独言に孔子が呟《つぶや》くのを聞いた時、子路は思わず涙の溢《あふ》れてくるのを禁じ得なかった。孔子が嘆じたのは[62]天下蒼生《そうせい》のためだったが、子路の泣いたのは天下のためではなく孔子一人のためである。

この人と、この人を待つ時世とを見て泣いた時から、子路の心は決まっている。濁世のあるゆる侵害からこの人を守る盾となること。精神的には導かれ守られる代わりに、世俗的な[63]煩労汚辱を一切己《おの》が身に引き受けること。僭越《せんえつ》ながらこれが自分の務めだと思う。学も才も自分は後学の諸才人に劣るかも知れぬ。しかし、いったん事ある場合真っ先に夫子のために生命を抛《なげう》って顧みぬのは誰よりも自分だと、彼は自ら深く信じていた。

八

「[64]ここに美玉あり。匱《ひつ》に韞《おさ》めて蔵《かく》さんか。善賈《ぜんか》を求めて沽《う》らんか。」と子貢が言った時、孔子は即座に、「これを沽らん哉《かな》。これを沽らん哉。我は賈《あたい》を待つものなり。」と答えた。

そういうつもりで孔子は天下周遊の旅に出たのである。随《したが》った弟子たちも大部分はもちろん沽りたいのだが、子路は必ずしも沽ろうとは思わない。権力の地位にあって所信を断行する快さはすでに先頃の経験で知ってはいるが、それには孔子を上に頂く

---

61 **鳳鳥至らず**……吉祥をもたらす鳳凰はやってこない。叡智の図書を背負った神亀《しんぎ》も黄河から現れない。もうどうしようもない。鳳凰や神亀が出現すれば戦国乱世を平定する聖王が誕生する、という信仰があった。『論語』子罕《しかん》篇にある。62 **天下蒼生**　天下の民。63 **煩労汙辱**　わずらわしい苦労やひどい辱め。64 **ここに美玉あり**……「善賈」はよい値段。「賈を待つ」は、よい買い手が来るまで待つこと。『論語』子罕篇にある。

といったふうな特別な条件が絶対に必要である。それができないなら、むしろ、「褐《かつ》（粗衣）を被《き》て玉を懐《いだ》く」という生き方が好ましい。生涯孔子の番犬に終わろうとも、いささかの悔いもない。世俗的な虚栄心がないわけではないが、なまじいの仕官はかえって己の本領たる[65]磊落《らいらく》闊達を害するものだと思っている。

さまざまな連中が孔子に従って歩いた。てきぱきした実務家の冉有《ぜんゆう》。温厚の長者閔《びん》子騫《しけん》。穿鑿《せんさく》[66]好きな故実家の子夏《しか》。いささか[67]詭《き》弁派《べんは》的な享受家宰予《さいよ》。[68]気骨稜々《りようりよう》たる[69]慷《こう》慨家《がいか》の公良孺《こうりようじゆ》。身長《みのたけ》[70]九尺六寸といわれる長人孔子の半分くらいしかない短矮《たんわい》な愚直者子羔《しこう》。年齢からいっても貫禄からいっても、もちろん子路が彼らの宰領格である。

子路より二十二歳も年下ではあったが、子貢という青年はまことに際立った才人である。孔子がいつも口を極めて褒める[71]顔回《がんかい》よりも、むしろ子貢のほうを子路は推したい気持ちであった。孔子からその強靭《きようじん》な生活力と、またその政治性とを抜き去ったような顔回という若者を、子路はあまり好まない。それは決して嫉妬ではない。（子貢《しこう》子張輩《しちようはい》は、顔淵《がんえん》に対する、師の桁外《けたはず》れの打ち込み方に、どうしてもこの感情を禁じ得ないらしいが。）子路は年齢が違い過ぎてもいるし、それに元来そんなことに拘《こだ》わらぬ性《たち》でもあったから。ただ、彼には顔淵の受動的な柔軟な才能の良さが全然呑《の》み込めないのである。第一、どこかヴァイタル[72]な力の欠けているところが気に入らない。そこへいくと、多少軽薄ではあっても常に才気と活力とに満ちている子貢のほうが、子路の性質には合うのであろう。この若者の頭の鋭さに驚かされるのは子路ばかりではない。頭に比べてまだ人間のできていないことは誰にも気付かれるところだが、しかし、それは年齢というものだ。あまりの軽薄さに腹を立てて一喝を食わせることもあるが、大体において、後世畏るべしという感じを子路はこの青年に対して抱いている。

ある時、子貢が二、三の朋輩に向かって次のような意味のことを述べた。――夫子は巧弁を忌むといわれるが、しかし夫子自身弁が巧過《うます》ぎると思う。これは警戒を要する。宰予などの巧さとは、まるで違う。宰予の弁のごときは、巧さが目に立ち過ぎるゆえ、聴者に楽しみは与え得ても、信頼は与え得ない。それだけにかえって安全とい

65 **磊落闊達** 気が大きく朗らかで、小さなことにこだわらないさま。 66 **故実家** 昔の儀式や風習に通じている人。 67 **詭弁派** こじつけの議論を行う一派。 68 **気骨稜々** 信念を曲げずに、厳正を貫こうとする態度。 69 **慷慨家** 世の中を憤って嘆く人。 70 **尺** 長さの単位。一尺は、約三〇センチメートル。「寸」は、「尺」の一〇分の一。 71 **顔回** 字《あざな》は子淵《しえん》で、顔淵ともいう。 72 **ヴァイタル** 活気に満ちた。［英語］vital

える。夫子のはまったく違う。流暢《りゅうちょう》さの代わりに、絶対に人に疑いを抱かせぬ重厚さを備え、諧謔《かいぎゃく》の代わりに、含蓄に富む譬喩《ひゆ》をもつその弁は、何人《なんぴと》といえども逆らうことのできぬものだ。もちろん、夫子の言われるところは九分九厘まで常に誤りなき真理だと思う。また夫子の行われるところは九分九厘まで我々の誰もが取ってもって範とすべきものだ。にもかかわらず、残りの一厘——絶対に人に信頼を起こさせる夫子の弁舌の中の、わずか百分の一が、時に、夫子の性格の（その性格の中の、絶対普遍的な真理と必ずしも一致しない極少部分の）弁明に用いられる恐れがある。警戒を要するのはここだ。これはあるいは、あまり夫子に親しみ過ぎ慣れ過ぎたための欲の言わせることかも知れぬ。実際、後世の者が夫子をもって聖人と崇めたところで、それは当然過ぎるくらい当然なことだ。夫子ほど完全に近い人を自分は見たことがないし、また将来もこういう人はそう現れるものではなかろうから。ただ自分の言いたいのは、その夫子にしてなおかつかかる微小ではあるが、警戒すべき点を残すものだということだ。顔回のような夫子と似通った肌合いの男にとっては、自分の感じるような不満は少しも感じられないに違いない。夫子がしばしば顔回を褒められるのも、結局はこの肌合いのせいではないのか。……

青二才の分際で師の批評などおこがましいと腹が立ち、また、これを言わせているのは畢竟顔淵への嫉妬だとは知りながら、それでも子路はこの言葉の中に莫迦《ばか》にしきれないものを感じた。肌合いの相違ということについては、確かに子路も思い当たることがあったからである。

おれたちには漠然としか気付かれないものをハッキリ形に表す、妙な才能が、この生意気な若僧にはあるらしいと、子路は感心と軽蔑とを同時に感じる。

子貢が孔子に奇妙な質問をしたことがある。「死者は知ることありや？　将《は》た知ることなきや？」死後の知覚の有無、あるいは霊魂の滅不滅についての疑問である。孔子がまた妙な返辞をした。「死者知るありと言わんとすれば、まさに孝子順孫、生を妨げてもって死を送らんとすることを恐る。死者知るなしと言わんとすれば、まさに不孝の子その親を棄《す》てて葬らざらんとすることを恐る。」およそ見当違いの返辞なので子貢は甚だ不服だった。もちろん、子貢の質問の意味はよく分かっているが、あくまで現実主義者、日常生活中心主義者たる孔子は、この優れた弟子の関心の方向を換えようとしたのである。

子貢は不満だったので、子路にこの話をした。子路は別にそんな問題に興味はなかったが、死そのものよりも師の死生観を知りたい気がちょっとしたので、ある時死について尋ねてみた。

「[73]いまだ生を知らず。いずくんぞ死を知らん。」これが孔子の答えであった。まったくだ！　と子路はすっかり感心した。しかし、子貢はまたしても鮮やかに肩透かしを食ったような気がした。それはそうです。しかし私の言っているのはそんなことではない。明らかにそう言っている子貢の表情である。

九

[74]衛《えい》の霊公はきわめて意志の弱い君主である。賢と不才とを識別し得ないほど愚かではないのだが、結局は苦い諫言《かんげん》よりも甘い[75]諂諛《てんゆ》に喜ばされてしまう。衛の国政を左右するものはその後宮であった。

夫人南子《なんし》はつとに淫奔《いんぽん》の噂が高い。まだ宋《そう》の公女だった頃異母兄の朝《ちょう》という有名な美男と通じていたが、衛侯の夫人となってからもなお宋朝を衛に呼び大夫に任じてこれと醜関係を続けている。すこぶる才走った女で、政治向きのことにまで容喙《ようかい》するが、霊公はこの夫人の言葉なら頷《うなず》かぬことはない。霊公に聴かれようとする者はまず南子に取り入るのが例であった。

孔子が魯から衛に入った時、召を受けて霊公には謁したが、夫人のところへは別に挨拶に出なかった。南子が冠を曲げた。早速人を遣わして孔子に言わしめる。四方の君子、[76]寡君と兄弟たらんと欲する者は、必ず寡小君（夫人）を見る。寡小君見んことを願えり云々。

孔子もやむをえず挨拶に出た。南子は絺帷《ちい》（薄い葛布《くずぬの》の垂れぎぬ）の後ろにあって孔子を引見する。孔子の[77]北面稽首の礼に対し、南子が再拝して応えると、夫人の身に着けた[78]環佩《かんぱい》が[79]璆然《きゆうぜん》として鳴ったとある。

孔子が公宮から帰ってくると、子路が露骨に不愉快な顔をしていた。彼は、孔子が

---

73 **いまだ生を知らず。……**『論語』先進篇にある。 74 **衛の霊公** 「衛」は、周、春秋・戦国時代の国の一つ。前一一世紀—前二〇九年。「霊公」は、その第二九代君主。在位、前五三五—前四九三年。 75 **諂諛** おもねり。へつらい。 76 **寡君** 自らの主君を謙遜して呼ぶ言葉。 77 **北面稽首** 北向きに座し、地につくほど頭を下げて礼をすること。最高の挨拶法。 78 **環佩** 胸や腰につける飾りの玉。 79 **璆然** 玉が触れ合って鳴る音の形容。

南子風情の要求などは黙殺することを望んでいたのである。まさか孔子が妖婦にたぶらかされるとは思いはしない。しかし、絶対清浄であるはずの夫子が汚らわしい淫女に頭を下げたというだけですでに面白くない。美玉を愛蔵する者がその珠《たま》の表面《おもて》に不浄なるものの影の映るのさえ避けたい類いなのであろう。孔子はまた、子路の中で相当敏腕な実際家と隣り合って住んでいる大きな子供が、いつまでたってもいっこう老成しそうもないのを見て、おかしくもあり、困りもするのである。

一日、霊公のところから孔子へ使いが来た。車で一緒に都を一巡しながらいろいろ話を承ろうと言う。孔子は喜んで服を改めただちに出掛けた。

この丈の高いぶっきらぼうな爺《じい》さんを、霊公が無闇に賢者として尊敬するのが、南子には面白くない。自分を出し抜いて、二人同車して都を巡るなどとはもっての外である。

孔子が公に謁し、さて表に出て共に車に乗ろうとすると、そこにはすでに盛装を凝らした南子夫人が乗り込んでいた。孔子の席がない。南子は意地の悪い微笑を含んで霊公を見る。孔子もさすがに不愉快になり、冷ややかに公の様子を窺《うかが》う。霊公は面目なげに目を俯《ふ》せ、しかし南子には何事も言えない。黙って孔子のために次の車を指さす。

二乗の車が衛の都を行く。前なる四輪の豪奢《ごうしゃ》な馬車には、霊公と並んで嬋妍《せんけん》[80]たる南子夫人の姿が牡丹《ぼたん》の花のように輝く。後ろの見すぼらしい二輪の牛車には、寂しげな孔子の顔が端然と正面を向いている。沿道の民衆の間にはさすがに秘《ひそ》やかな嘆声と顰《ひん》蹙《しゅく》とが起こる。

群集の間に交じって子路もこの様子を見た。公からの使いを受けた時の夫子の喜びを目にしているだけに、腸《はらわた》の煮え返る思いがするのだ。何事か嬌声《きょうせい》[81]を弄しながら南子が目の前を進んでいく。思わず嚇《かっ》となって、彼は拳を固め人々を押し分けて飛び出そうとする。背後《うしろ》から引き留める者がある。振り切ろうと目を瞋《いか》らせて後ろを向く。子《し》若《じゃく》と子正《しせい》の二人である。必死に子路の袖《そで》[82]を控えている二人の目に、涙の宿っているのを子路は見た。子路は、ようやく振り上げた拳を下ろす。

80 **嬋妍**　あでやかで美しいさま。　81 **嬌声**　なまめかしい声。　82 **袖を控えている**　袖をとらえて引き止めている。

翌日、孔子らの一行は衛を去った。「我いまだ徳を好むこと色を好むがごとき者を見ざるなり。」というのが、その時の孔子の嘆声である。

十

[83]葉公子高《しょうこうしこう》は龍《りゅう》を好むこと甚だしい。居室にも龍を彫《ほ》り[84]繍帳《しゅうちょう》にも龍を描き、日常龍の中に起臥《きが》していた。これを聞いたほん物の天龍が大きに喜んで一日葉公の家に降《くだ》り己の愛好者を覗《のぞ》き見た。頭は[85]牖《まど》に窺《うかが》い尾は堂に拖《ひ》くという素晴らしい大きさである。葉公はこれを見るや恐れわなないて逃げ走った。その魂魄《こんぱく》を失い[86]五色主無し、という意気地なさであった。

諸侯は孔子の賢の名を好んで、その実を喜ばぬ。いずれも葉公の龍における類いである。実際の孔子はあまりに彼らには大き過ぎるもののように見えた。孔子を国賓として遇しようという国はある。孔子の弟子の幾人かを用いた国もある。が、孔子の政策を実行しようとする国はどこにもない。匡《きょう》では暴民の凌辱《りょうじょく》を受けようとし、宋では姦臣《かんしん》の迫害に遭い、蒲《ほ》ではまた凶漢の襲撃を受ける。諸侯の敬遠と御用学者の嫉視と政治家連の排斥とが、孔子を待ち受けていたもののすべてである。

それでもなお、講誦《こうしょう》を止《や》めず切磋《せっさ》を怠らず、孔子と弟子たちとは倦《う》まずに国々への旅を続けた。「[87]鳥よく木を択《えら》ぶ。木豈《あ》に鳥を択ばんや。」などと至って気位は高いが、決して世を拗《す》ねたのではなく、あくまで用いられんことを求めている。そして、己らの用いられようとするのは己がためにあらずして天下のため、道のためなのだと本気で──まったく呆《あき》れたことに本気でそう考えている。乏しくとも常に明るく、苦しくとも望みを捨てない。まことに不思議な一行であった。

一行が招かれて楚《そ》の昭王[88]のもとへ行こうとした時、陳《ちん》・蔡《さい》の大夫どもが相計り秘かに暴徒を集めて孔子らを道に囲ましめた。孔子の楚に用いられることを恐れこれを妨げようとしたのである。暴徒に襲われるのはこれが初めてではなかったが、この時は最も困窮に陥った。糧道が絶たれ、一同火食[89]せざること七日に及んだ。さすがに、飢

83 **葉公子高**　「葉公」は、葉という邑《ゆう》の長官。「子高」は字《あざな》、姓名は沈諸梁《ちんしょりょう》。84 **繡帳**　刺繡《ししゅう》のある華やかなとばり。
85 **牖**　採光や通風のために、壁・屋根などに設けた開口部。86 **五色主無し**　恐怖のあまり顔色がいろいろに変わって定まらないさま。87 **鳥よく木を択ぶ……**　「鳥」は臣下の、「木」は君主の比喩。『史記』孔子世家にある。
88 **昭王**　春秋時代の楚の王。在位、前五一五─前四八九年。89 **火食**　煮炊きして食べること。

え、疲れ、病者も続出する。弟子たちの困憊《こんぱい》と[90]恐惶《きょうこう》との間にあって孔子は独り気力少しも衰えず、平生通り絃歌《げんか》して輟《や》まない。従者らの疲憊《ひはい》を見るに見かねた子路が、いささか[91]色を作《な》して、絃歌する孔子の側《そば》に行った。そうして尋ねた。夫子の歌うは礼かと。孔子は答えない。絃を操る手も休めない。さて曲が終わってからようやく言った。[92]「由よ。吾《われ》汝に告げん。君子楽《がく》を好むは驕《おご》るなきがためなり。小人楽を好むは慴《おそ》るるなきがためなり。それ誰の子ぞや。我を知らずして我に従う者は。」

子路は一瞬耳を疑った。この窮境にあってなお驕るなきがために楽をなすとや？　しかし、すぐにその心に思い至ると、途端に彼は嬉《うれ》しくなり、覚えず[93]戚《ほこ》を執って舞うた。孔子がこれに和して弾じ、曲、三度めぐった。傍らにある者またしばらくは飢えを忘れ疲れを忘れて、この武骨な即興の舞いに興じ入るのであった。

同じ陳蔡の厄の時、いまだ容易に囲みの解けそうもないのを見て、子路が言った。君子も窮することあるか？　と。師の平生の説によれば、君子は窮することがないはずだと思ったからである。孔子が即座に答えた。「窮するとは道に窮するの謂《いい》にあらずや。今、丘《きゅう》、仁義の道を抱き乱世の患に遭う。何ぞ窮すとなさんや。もしそれ、食足らず体瘁《つか》るるをもって窮すとなさば、君子ももとより窮す。ただ、小人は窮すればここに濫《みだ》る。」と。そこが違うだけだというのである。子路は思わず顔を赤らめた。己の内なる小人を指摘された心地である。窮するも命なることを知り、大難に臨んでいささかの興奮の色もない孔子の姿を見ては、大勇なるかなと嘆ぜざるを得ない。かつての自分の誇りであった、白刃前に交わるも目まじろがざる底《てい》の勇が、何と惨めにちっぽけなことかと思うのである。

十一

許《きょ》から葉《しょう》へと出る道すがら、子路が独り孔子の一行に遅れて畑中の道を歩いていくと、[94]蓧《あじか》を荷うた一人の老人に会った。子路が気軽に会釈して、夫子を見ざりしや、と問う。老人は立ち止まって、「夫子夫子と言ったとて、どれがいったい汝のいう夫子

90 **恐惶**　恐れあわてること。　91 **色を作して**　顔色を変えて。　92 **由よ。吾汝に告げん。……**　『孔子家語《けご》』にある。
93 **戚**　まさかり。手斧。　94 **蓧**　わらや竹などを編んだ背負いかご。

やら俺に分かるわけがないではないか。」と突堅貪《つっけんどん》に答え、子路の人態《にんてい》をじろりと眺めてから、「見受けたところ、四体を労せず実事に従わず空理空論に日を暮らしている人らしいな。」と蔑むように笑う。それから傍らの畑に入りこちらを見返りもせずにせっせと草を取り始めた。隠者の一人に違いないと子路は思って一揖《いちゆう》[95]し、道に立って次の言葉を待った。老人は黙って一仕事してから道に出てき、子路を伴って己が家に導いた。すでに日が暮れかかっていたのである。老人は雞《とり》をつぶし黍《きび》を炊《かし》いで、もてなし、二人の子にも子路を引き合わせた。食後、いささかの濁り酒に酔いの回った老人は傍らなる琴を執って弾じた。二人の子がそれに和して歌う。

[96]湛々《タンタン》タル露《ツユ》アリ
陽《ヒ》ニ非《アラ》ザレバ晞《ヒ》ズ
厭々《エンエン》トシテ夜飲ス
酔ハズンバ帰ルコトナシ

明らかに貧しい生活《くらし》なのにもかかわらず、まことに融々たる豊かさが家中に溢《あふ》れている。和やかに満ち足りた親子三人の顔付きの中に、時としてどこか知的なものが閃《ひらめ》くのも、見逃し難い。

弾じ終わってから老人が子路に向かって語る。陸を行くには車、水を行くには舟と昔から決まったもの。今陸を行くに舟をもってすれば、いかん？　今の世に周の古法を施そうとするのは、ちょうど陸に舟を行《や》るがごときものと謂《い》うべし。猨狙《さる》に周公の服を着せれば、驚いて引き裂き捨てるに決まっている。云々……子路を孔門の徒と知っての言葉であることは明らかだ。老人はまた言う。「楽しみ全くして初めて志を得たといえる。志を得るとは軒冕《けんべん》[97]の謂ではない。」と。澹然《たんぜん》無極とでもいうのがこの老人の理想なのであろう。子路にとってこうした遁世《とんせい》哲学は初めてではない。長沮《ちょうそ》[98]・桀《けつ》溺《でき》の二人にも遭った。楚の接与《せつよ》という佯狂《ようきょう》[99]の男にも遭ったことがある。しかしこうして彼らの生活の中に入り一夜を共に過ごしたことは、まだなかった。穏やかな老人の

95 **一揖** 一礼。会釈。「揖」は、両手を胸の前で組み合わせて行う敬礼。 96 **湛々タル露アリ……** 「陽ニ非ザレバ晞ス」は、日が照っていないので乾かない。「厭々トシテ」は、心ならずも。『詩経』小雅にある「湛露《たんろ》」の句。 97 **軒冕** 「軒」は貴人。「冕」は冠。高位高官の地位を得ること。 98 **長沮・桀溺** ともに、孔子と同時代の楚の隠者。 99 **佯狂** 狂人を装うこと。

言葉と怡々[100]《いい》たるその姿に接しているうちに、子路は、これもまた一つの美しき生き方には違いないと、幾分の羨望をさえ感じないではなかった。

しかし、彼も黙って相手の言葉に頷《うなず》いてばかりいたわけではない。「世と断つのはもとより楽しかろうが、人の人たるゆえんは楽しみを全うするところにあるのではない。区々たる一身を潔うせんとして大倫を紊《みだ》るのは、人間の道ではない。我々とて、今の世に道の行われないことぐらいは、とっくに承知している。今の世に道を説くことの危険さも知っている。しかし、道なき世なればこそ、危険を冒してもなお道を説く必要があるのではないか。」

翌朝、子路は老人の家を辞して道を急いだ。みちみち孔子と昨夜の老人とを並べて考えてみた。孔子の明察があの老人に劣るわけはない。孔子の欲があの老人よりも多いわけはない。それでいてなおかつ己を全うする道を捨て道のために天下を周遊していることを思うと、急に、昨夜はいっこうに感じなかった憎悪を、あの老人に対して覚え始めた。昼近く、ようやく、遥《はる》か前方の真っ青な麦畑の中の道に一団の人影が見えた。その中で特に際立って丈の高い孔子の姿を認め得た時、子路は突然、何か胸を締め付けられるような苦しさを感じた。

十二

宋から陳に出る渡船の上で、子貢と宰予とが議論をしている。「十室の邑《ゆう》[101]、必ず忠信丘《きゅう》がごとき者あり。丘の学を好むに如《し》かざるなり。」という師の言葉を中心に、子貢は、この言葉にもかかわらず孔子の偉大な完成はその先天的な素質の非凡さによるものだといい、宰予は、いや、後天的な自己完成への努力の方が与《あず》かって大きいのだと言う。宰予によれば、孔子の能力と弟子たちの能力との差異は量的なものであって、決して質的なそれではない。孔子のもっているものは万人のもっているものだ。ただその一つ一つを孔子は絶えざる刻苦によって今の大きさにまで仕上げただけのことだと。子貢は、しかし、量的な差も絶大になると結局質的な差と変わるところはないという。それに、自己完成への努力をあれほどまでに続け得ることそれ自体が、すでに

100 **怡々**　喜び楽しむさま。 101 **十室の邑**……「十室の邑」は、戸数十軒くらいの小さな村。「忠信」は、忠実と信義。「丘」は孔子の名。『論語』公冶長篇にある。

先天的な非凡さの何よりの証拠ではないかと。だが、何にも増して孔子の天才の核心たるものは何かといえば、「それは」と子貢が言う。「あの優れた[102]中庸への本能だ。いついかなる場合にも夫子の進退を美しいものにする、見事な中庸への本能だ。」と。何を言ってるんだと、傍らで子路が苦い顔をする。口先ばかりで腹のないやつらめ！　今この舟がひっくり返りでもしたら、やつらはどんなに真っ青な顔をするだろう。何といってもいったん有事の際に、実際に夫子の役に立ち得るのはおれなのだ。才弁縦横の若い二人を前にして、巧言は徳を紊《みだ》るという言葉を考え、矜《ほこ》らかに我が胸中一片の[103]氷心を恃《たの》むのである。

　子路にも、しかし、師への不満が必ずしもないわけではない。[104]陳の霊公が臣下の妻と通じその女の肌着を身に着けて朝《ちょう》に立ち、それを見せびらかした時、泄冶《せつや》という臣が諫《いさ》めて、殺された。百年ばかり以前のこの事件について一人の弟子が孔子に尋ねたことがある。泄冶の正諫《せいかん》して殺されたのは古《いにしえ》の名臣[105]比干《ひかん》の諫死と変わるところがない。仁と称してよいであろうかと。孔子が答えた。いや、比干と紂王《ちゅうおう》との場合は血縁でもあり、また官からいっても[106]少師であり、したがって己の身を捨てて争諫し、殺された後に紂王の悔悟《かいご》するのを期待したわけだ。これは仁と謂うべきであろう。泄冶の霊公におけるは骨肉の親あるにもあらず、位も一大夫[107]に過ぎぬ。君正しからず一国正しからずと知らば、潔く身を引くべきに、身のほどをも許らず、区々たる一身をもって一国の淫婚《いんこん》を正そうとした。自ら無駄に生命を捨てたものだ。仁どころの騒ぎではないと。

その弟子はそう言われて納得して引き下がったが、傍らにいた子路にはどうしても頷《うなず》けない。早速、彼は口を出す。仁・不仁はしばらく措《お》く。しかしとにかく一身の危うきを忘れて一国の紊乱《びんらん》を正そうとしたことの中には、知不知を超えた立派なものがあるのではなかろうか。空しく命を捨つなどと言い切れないものが。たとえ結果はどうあろうとも。

「由よ。汝には、そういう小義の中にある見事さばかりが目に付いて、それ以上は分

102 **中庸** 過不足なく、ほどがよいこと。103 **氷心** 氷のように澄み切った心。104 **陳の霊公** 「陳」は、春秋時代の国の一つ。前一一一一—前四七九年。「霊公」は、その君主。在位、六一三—前五九九年。105 **比干** 中国殷《いん》代の王族。帝辛《ていしん》（紂王《ちゅうおう》。前一一〇〇年頃。殷朝最後の王）の叔父に当たる。106 **少師** 古代の官職。皇太子（東宮）付きの教育官、東宮学士の別称。107 **大夫** 周代の官職の一つ。卿《けい》の下、士の上に位する。

からぬと見える。古の士は国に道あれば忠を尽くしてもってこれを輔《たす》け、国に道なければ身を引いてもってこれを避けた。こうした出処進退の見事さはいまだ分からぬと見える。詩[108]に曰《い》う。民僻《よこしま》多き時は自ら辟《のり》を立つることなかれと。蓋《けだ》し、泄冶の場合にあてはまるようだな。」

「では」と大分長い間考えた後で子路が言う。結局この世で最も大切なことは、一身の安全を計ることにあるのか？ 身を捨てて義をなすことの中にはないのであろうか？ 一人の人間の出処進退の適不適のほうが、天下蒼生《そうせい》の安危ということよりも大切なのであろうか？ というのは、今の泄冶がもし眼前の乱倫に顰蹙《ひんしゅく》して身を引いたとすれば、なるほど彼の一身はそれでよいかも知れぬが、陳国の民にとっていったいそれが何になろう？ まだしも、無駄とは知りつつも諫死したほうが、国民の気風に与える影響から言っても遥《はる》かに意味があるのではないか。

「それは何も一身の保全ばかりが大切とは言わない。それならば比干を仁人と褒めはしないはずだ。ただ、生命は道のために捨てるとしても捨て時、捨て所がある。それを察するに知をもってするのは、別に私《わたくし》の利のためではない。急いで死ぬるばかりが能ではないのだ。」

そう言われれば一応はそんな気がしてくるが、やはり釈然としないところがある。身を殺して仁をなすべきことを言いながら、その一方、どこかしら明哲保身を最上知と考える傾向が、時々師の言説の中に感じられる。それがどうも気になるのだ。他の弟子たちがこれをいっこうに感じないのは、明哲保身主義が彼らに本能として、くっついているからだ。それをすべての根底とした上での、仁であり義でなければ、彼らには危うくて仕方がないに違いない。

子路が納得し難げな顔色で立ち去った時、その後姿を見送りながら、孔子が[109]愀然《しゅうぜん》として言った。[110]邦《くに》に道ある時も直きこと矢のごとし。道なき時もまた矢のごとし。あの男も衛の[111]史魚《しぎょ》の類いだな。おそらく、尋常な死に方はしないであろうと。

楚が呉《ご》を伐《う》った時、工尹商陽《こういんしょうよう》という者が呉の[112]師を追うたが、同乗の王子棄疾《きしつ》に「[113]王事なり。子、弓を手にして可なり。」といわれて初めて弓を執り、「子、これを射

---

108 **詩** 『詩経』。五経の一つで、孔子の編といわれる。109 **愀然** 憂えるさま。110 **邦に道ある時も……** 『論語』衛霊公篇にある。111 **史魚** 春秋時代の衛の忠臣。前五三〇年頃。主君霊公が人材を登用しないことを、死をもっていさめた。112 **師** 軍隊。113 **王事** 王の命令。私事ではないこと。

よ。」と勧められてようやく一人を射斃《しやへい》した。しかしすぐにまた弓を韔《かわぶくろ》に収めてしまった。再び促されてまた弓を取り出し、あと二人を斃《たお》したが、一人を射るごとに目を掩《おお》うた。さて三人を斃すと、「自分の今の身分ではこのくらいで充分反命[114]するに足るだろう。」とて、車を返した。

この話を孔子が伝え聞き、「人を殺すのうち、また礼あり。」と感心した。子路に言わせれば、しかし、こんなとんでもない話はない。ことに、「自分としては三人斃したくらいで充分だ。」などという言葉の中に、彼の大嫌いな、一身の行動を国家[115]の休戚より上に置く考え方があまりにハッキリしているので、腹が立つのである。彼は怫《ふつ》然《ぜん》として孔子に食って掛かる。「人臣の節、君の大事に当たりては、ただ力の及ぶところを尽くし、死して而《しこう》して後に已《や》む。夫子何ぞ彼を善しとする?」孔子もさすがにこれには一言もない。笑いながら答える。「しかり。汝の言のごとし。吾《われ》、ただその、人を殺すに忍びざるの心あるを取るのみ。」

十三

衛に出入りすること四度、陳に留まること三年、曹《そう》・宋・蔡・葉・楚と、子路は孔子に従って歩いた。

孔子の道を実行に移してくれる諸侯が出てこようとは、今さら望めなかったが、しかし、もはや不思議に子路はいらだたない。世の混濁と諸侯の無能と孔子の不遇とに対する憤懣焦躁《ふんまんしょうそう》を幾年か繰り返した後、ようやくこの頃になって、漠然とながら、孔子およびそれに従う自分らの運命の意味が分かりかけてきたようである。それは、消極的に命[116]なりと諦める気持ちとは大分遠い。同じく命なりと言うにしても、「一小国に限定されない、一時代に限られない、天下万代の木鐸[117]《ぼくたく》」としての使命に目覚めかけてきた、かなり積極的な命なりである。匡《きょう》の地で暴民に囲まれた時昂然《こうぜん》として孔子の言った「天[118]のいまだ斯文《しぶん》を喪《ほろぼ》さざるや匡人《きょうひと》それ予《われ》をいかんせんや。」が、今は子路にも実によく分かってきた。いかなる場合にも絶望せず、決して現実を軽蔑せず、与えられた範囲で常に最善を尽くすという師の知恵の大きさも分かるし、常に後世の人に

114 反命　復命。使命の報告をすること。115 休戚　喜びと悲しみ。幸と不幸。116 命　運命。117 木鐸　世人に警告を発し、教え導く人。118 天のいまだ斯文を喪さざるや……「斯文」は、この学問。とくに、孔子が歩む聖人の道をいう。『論語』子罕《しかん》篇にある。

見られていることを意識しているような孔子の挙措の意味も今にして初めて頷けるのである。あり余る俗才に妨げられてか、明敏子貢には、孔子のこの超時代的な使命についての自覚が少ない。朴直子路のほうが、その単純極まる師への愛情のゆえであろうか、かえって孔子というものの大きな意味をつかみ得たようである。

放浪の年を重ねているうちに、子路ももはや五十歳であった。[119]圭角《けいかく》がとれたとは称し難いながら、さすがに人間の重みも加わった。後世のいわゆる「[120]万鍾《ばんしょう》我において何をか加えん。」の気骨も、炯々たるその眼光も、痩せ浪人の徒《いたず》らなる誇負から離れて、すでに堂々たる一家の風格を備えてきた。

十四

孔子が四度目に衛を訪れた時、若い衛侯や正卿孔叔圉《こうしゆくぎょ》らから乞われるままに、子路を推してこの国に仕えさせた。孔子が十余年ぶりで故国に迎えられた時も、子路は別れて衛に留まったのである。

十年来、衛は南子夫人の乱行を中心に、絶えず紛争を重ねていた。まず公叔戍《こうしゆくじゅ》という者が南子排斥を企てかえってその讒《ざん》に遭って魯に亡命する。続いて霊公の子・太子蒯聵《かいかい》も義母南子を刺そうとして失敗し晋に奔《はし》る。太子欠位のうちに霊公が卒《しゅっ》する。やむをえず亡命太子の子の幼い輒《ちょう》を立てて後を継がせる。[121]出公《しゅつこう》がこれである。出奔した前太子蒯聵は晋の力を借りて衛の西部に潜入し虎視眈々《たんたん》と衛侯の位を窺《うかが》う。これを拒もうとする現衛侯出公は子。位を奪おうと狙《ねら》う者は父。子路が仕えることになった衛の国はこのような状態であった。

子路の仕事は孔家《こうけ》のために宰として蒲《ほ》の地を治めることである。衛の孔家は、魯ならば季孫氏に当たる名家で、当主孔叔圉はつとに名大夫の誉れが高い。蒲は、先頃南子の讒に遭って亡命した公叔戍の旧領地で、したがって、主人を追うた現在の政府に対してことごとに反抗的な態度を執っている。もともと人気《じんき》の荒い土地で、かつて子路自身も孔子に従ってこの地で暴民に襲われたことがある。

任地に立つ前、子路は孔子のところに行き、「邑に壮士[122]多くして治め難し。」といわ

119 圭角　性格や言動にかどがあって、円満でないこと。 120 万鍾我において……「万鍾」は、多くの穀物、あるいは俸禄《ほうろく》。「何をか加えん」は、何の足しになるというのか。『孟子』告子章句上にある。 121 出公　衛の第三〇代および第三三代君主。 122 壮士　血気盛んな男子。

れる蒲の事情を述べて教えを乞うた。孔子が言う。[123]「恭にして敬あらばもって勇を懾《おそ》れしむべく、寛《かん》にして正しからばもって強を懐《いだ》くべく、温にして断ならばもって姦《かん》を抑うべし。」と。子路再拝して謝し、欣然《きんぜん》として任に赴いた。

蒲に着くと子路はまず土地の有力者、反抗分子らを呼び、これと腹蔵なく語り合った。手なずけようとの手段ではない。孔子の常に言う「教えずして刑することの不可」を知るがゆえに、まず彼らに己の意のあるところを明かしたのである。気取りのない率直さが荒っぽい土地の人気に投じたらしい。壮士連はことごとく子路の明快闊《かつ》達《たつ》に推服した。それにこの頃になると、すでに子路の名は孔門随一の快男児として天下に響いていた。[124]「片言もって獄を折《さだ》むべきものは、それ由か。」などという孔子の推奨の辞までが、大袈裟《おおげさ》な尾鰭《おひれ》をつけて普《あまね》く知れ渡っていたのである。蒲の壮士連を推服せしめたものは、一つには確かにこうした評判でもあった。

三年後、孔子がたまたま蒲を通った。まず領内に入った時、「善い哉、由や、恭敬にして信なり。」と言った。進んで邑に入った時、「善い哉、由や、忠信にして寛なり。」と言った。いよいよ子路の邸に入るに及んで、「善い哉、由や、明察にして断なり。」と言った。轡《くつわ》を執っていた子貢が、いまだ子路を見ずしてこれを褒める理由を聞くと、孔子が答えた。すでにその領域に入れば田疇《でんちゅう》[125]ことごとく治まり草莱《そうらい》[126]甚だ辟《ひら》け溝洫《こうきょく》[127]は深く整っている。治者恭敬にして信なるがゆえに、民その力を尽くしたからである。その邑に入れば民家の牆屋《しょうおく》[128]は完備し樹木は繁茂している。治者忠信にして寛なるがゆえに、民その営を忽《ゆるが》せにしないからである。さていよいよその庭に至れば甚だ清閑で従者僕童一人として命に違《たが》う者がない。治者の言、明察にして断なるがゆえに、その政が紊《みだ》れないからである。いまだ由を見ずしてことごとくその政を知ったわけではないかと。

十五

魯の哀公《あいこう》[129]が西の方大野《たいや》に狩りして麒麟《きりん》を獲た頃、子路は一時衛から魯に帰っていた。

---

123 恭にして敬あらば……「恭」は、礼儀正しいこと。「強を懐く」は、強者を懐柔すること。「断」は、決断力があること。『孔子家語』致思篇にある。124 片言もって獄を折むべきものは……「獄を折む」は、訴えをさばくこと。『論語』顔淵《がんえん》篇にある。125 田疇　耕地。126 草莱　荒れた土地。127 溝洫　田畑の間にある溝。128 牆屋　垣根と家。129 哀公　魯の第二七代君主。在位、前四九四―前四六八年。

その時小邾《しょうちゅ》の大夫・射《えき》という者が国に叛《そむ》き魯に来奔した。子路と一面識のあったこの男は、「季路をして我に要せしめば、吾盟《ちか》うことなけん。」と言った。当時の習いとして、他国に亡命した者は、その生命の保証をその国に盟ってもらってから初めて安んじて居つくことができるのだが、この小邾の大夫は「子路さえその保証に立ってくれれば魯国の誓いなど要らぬ。」というのである。[130]諾を宿するなし、という子路の信と直とは、それほど世に知られていたのだ。ところが、子路はこの頼みをにべもなく断った。ある人が言う。[131]千乗の国の盟をも信ぜずして、ただ子《し》一人の言を信じようという。男児の本懐これに過ぎたるはあるまいに、なにゆえこれを恥とするのかと。子路が答えた。魯国が小邾と事ある場合、その城下に死ねとあらば、事のいかんを問わず喜んで応じよう。しかし射という男は国を売った不臣だ。もしその保証に立つとなれば、自ら売国奴を是認することになる。おれにできることか、できないことか、考えるまでもないではないか！

子路をよく知るほどの者は、この話を伝え聞いた時、思わず微笑した。あまりにも彼のしそうなこと、言いそうなことだったからである。

同じ年、斉の陳恒《ちんこう》がその君を弑《しい》した。孔子は斎戒すること三日の後、哀公の前に出て、義のために斉を伐《う》たんことを請うた。請うこと三度。斉の強さを恐れた哀公は聴こうとしない。季孫《きそん》に告げて事を計れと言う。季康子《きこうし》がこれに賛成するわけがないのだ。孔子は君の前を退いて、さて人に告げて言った。「吾、大夫の後《しりえ》に従うをもってなり。ゆえにあえて言わずんばあらず。」無駄とは知りつつも一応は言わねばならぬ己の地位だというのである。（当時孔子は国老の待遇を受けていた。）

子路はちょっと顔を曇らせた。夫子のしたことは、ただ形を完《まっと》うするために過ぎなかったのか。形さえ踏めば、それが実行に移されないでも平気で済ませる程度の義憤なのか？

教えを受けること四十年に近くして、なお、この溝はどうしようもないのである。

130 **諾を宿するなし** 承諾したことはすぐに実行する。『論語』顔淵篇にある。
131 **千乗の国** 大諸侯の領国。

十六

子路が魯に来ている間に、衛では政界の大黒柱孔叔圉《こうしゆくぎよ》が死んだ。その未亡人で、亡命太子蒯聵《かいかい》の姉に当たる伯姫《はくき》という女策士が政治の表面に出てくる。一子[132]悝《かい》が父圉《ぎよ》の後を継いだことにはなっているが、名目だけに過ぎぬ。伯姫からいえば、現衛侯輒《ちよう》は甥《おい》、位を窺《うかが》う前太子は弟で、親しさに変わりはないはずだが、愛憎と利欲との複雑な経緯があって、妙に弟のためばかりを計ろうとする。夫の死後頻《しき》りに寵愛《ちようあい》している小姓《しよう》上がりの渾良夫《こんりようふ》なる美青年を使いとして、弟蒯聵との間を往復させ、秘かに現衛侯追い出しを企《たくら》んでいる。

子路が再び衛に戻ってみると、衛侯父子の争いはさらに激化し、政変の機運の濃く漂っているのがどことなく感じられた。

[133]周の昭王の四十年閏《うるう》十二月某日。夕方近くになって子路の家にあわただしく跳び

込んできた使いがあった。孔家の老・欒寧《らんねい》のところからである。「本日、前太子蒯聵都に潜入。ただ今孔氏の宅に入り、伯姫・渾良夫とともに当主孔悝《こうかい》を脅して己を衛侯に戴《いだ》かしめた。大勢はすでに動かし難い。自分（欒寧）は今から現衛侯を奉じて魯に奔《はし》るところだ。後《あと》はよろしく頼む。」という口上である。

いよいよ来たな、と子路は思った。とにかく、自分の直接の主人に当たる孔悝が捕らえられ脅されたと聞いては、黙っているわけにいかない。おっ取り刀で、彼は公宮へ駆け付ける。

外門を入ろうとすると、ちょうど中から出てくるちんちくりんな男にぶっつかった。子羔《しこう》だ。孔門の後輩で、子路の推薦によってこの国の大夫となった、正直な、気の小さい男である。子羔が言う。内門はもう閉まってしまいましたよ。子路。いや、とにかく行くだけは行ってみよう。子羔。しかし、もう無駄ですよ。かえって難に遭うこともないとは限らぬし。子路が声を荒げて言う。孔家の禄を喰《は》む身ではないか。何のために難を避ける？

132 現衛侯輒　出公。
133 周の昭王の四十年　正しくは敬王。衛の内紛が起こったのは、前四八〇年。

子羔を振り切って内門のところまで来ると、はたして中から閉まっている。ドンドンと激しく叩《たた》く。はいってはいけない！　と、中から叫ぶ。その声を聞き咎《とが》めて子路が怒鳴った。公孫敢《こうそんかん》だな、その声は。難を逃れんがために節を変ずるような、俺は、そんな人間じゃない。その禄を利した以上、その患を救わねばならぬのだ。開けろ！　開けろ！

ちょうど中から使いの者が出てきたので、それと入れ違いに子路は跳び込んだ。見ると、広庭一面の群集だ。孔悝の名において新衛侯擁立の宣言があるからとて急に呼び集められた群臣である。皆それぞれに驚愕《きょうがく》と困惑との表情を浮かべ、[134]向背に迷うもののごとく見える。庭に面した露台の上には、若い孔悝が母の伯姫と叔父の蒯聵とに抑えられ、一同に向かって政変の宣言とその説明とをするよう、強いられている貌《かたち》だ。

子路は群衆の背後《うしろ》から露台に向かって大声に叫んだ。孔悝を捕らえて何になるか！孔悝を離せ。孔悝一人を殺したとて正義派は滅びはせぬぞ！

子路としてはまず己の主人を救い出したかったのだ。さて、広庭のざわめきが一瞬静まって一同が己のほうを振り向いたと知ると、今度は群集に向かって煽動《せんどう》を始めた。

太子は音に聞こえた臆病者だぞ。下から火を放って台を焼けば、恐れて孔叔（悝）を赦すに決まっている。火を放《つ》けようではないか。火を！

すでに薄暮のこととて庭の隅々に篝《かが》り火が燃やされている。それを指さしながら子路が、「火を！　火を！」と叫ぶ。「先代孔叔文子（圉）の恩義に感ずる者どもは火を取って台を焼け。そうして孔叔を救え！」

台の上の簒奪者《さんだつしゃ》は大いに恐れ、石乞《せききつ》・盂黶《うえん》の二剣士に命じて、子路を討たしめた。

子路は二人を相手に激しく斬り結ぶ。往年の勇者子路も、しかし、年には勝てぬ。次第に疲労が加わり、呼吸が乱れる。子路の旗色の悪いのを見た群集は、この時ようやく旗幟《きし》を明らかにした。罵声が子路に向かって飛び、無数の石や棒が子路の身体《からだ》に当たった。敵の矛の尖端《さき》が頬を掠《かす》めた。纓《えい》（冠の紐《ひも》）が切れて、冠が落ちかかる。左手でそれを支えようとした途端に、もう一人の敵の剣が肩先に食い込む。血が迸《ほとばし》り、子路は倒れ、冠が落ちる。倒れながら、子路は手を伸ばして冠を拾い、正しく頭に着けて素速く纓を結んだ。敵の刃の下で、真っ赤に血を浴びた子路が、最期の力を絞っ

134 向背　従うか背くか。

て絶叫する。

「見よ！　君子は、冠を、正しゅうして、死ぬものだぞ！」

全身膾《なます》のごとくに切り刻まれて、子路は死んだ。

魯にあって遥《はる》かに衛の政変を聞いた孔子は即座に、「柴《さい》（子羔）や、それ帰らん。由や死なん。」と言った。はたしてその言のごとくなったことを知った時、老聖人は佇立瞑目《ちょりつめいもく》[135]することしばし、やがて潸然《さんぜん》[136]として涙下った。子路の屍《しかばね》が醢《ししびしお》[137]にされたと聞くや、家中の塩漬け類をことごとく捨てさせ、爾後《じご》、醢は一切食膳に上さなかったということである。

135 佇立瞑目　たたずみ目を閉じること。
136 潸然　さめざめと泣くさま。
137 醢　肉などを塩漬けにしたもの。

李《り》陵《りよう》

発表——一九四三（昭和一八）年
高校国語教科書初出——一九五三（昭和二八）年
実教出版『現代国語文学 二上』

一

漢[1]の武帝《ぶてい》の天漢二年[2]秋九月、騎都尉《きとい》[3]・李陵は歩卒五千を率い、辺塞遮虜鄣《しゃりょしょう》を発して北へ向かった。アルタイ山脈の東南端がゴビ砂漠に没せんとする辺りの磽确《こうかく》[4]たる丘陵地帯を縫って北行すること三十日。朔風《さくふう》[5]は戎衣《じゅうい》[6]を吹いて寒く、いかにも万里孤軍来《きた》るの感が深い。漠北・浚稽山《しゅんけいざん》の麓に至って軍はようやく止営した。すでに敵匈奴《きょうど》[7]の勢力圏に深く進み入っているのである。秋とはいっても北地のこととて、苜蓿《うまごやし》も枯れ、楡《にれ》や檉柳《かわやなぎ》の葉ももはや落ちつくしている。木の葉どころか、木そのものさえ（宿営地の近傍を除いては）、容易に見つからないほどの、ただ砂と岩と川原と、水のない河床との荒涼たる風景であった。極目人煙を見ず[8]、稀《まれ》に訪れるものとては広野に水を求め

1 **漢の武帝**　中国の前漢の第七代皇帝。在位、前一四一—前八七年。　2 **天漢二年**　前九九年。　3 **騎都尉・李陵**　「騎都尉」は、宮中警護の騎馬部隊の長官。「李陵」は、前漢の軍人。?—前七四年。　4 **磽确**　石の多いやせた土地。　5 **朔風**　北風。　6 **戎衣**　軍服。　7 **匈奴**　前三世紀から後五世紀にかけて、中国を脅かした北方の騎馬民族。冒頓単于《ぼくとつぜんう》の頃から全盛期となったが、武帝の北伐《ほくばつ》によって次第に北方に追われた。　8 **極目人煙を見ず**　目の届くかぎり、人家の煙がまったく見えない。

る羚羊《かもしか》ぐらいのものである。突兀《とっこつ》[9]と秋空を劃《くぎ》る遠山の上を高く雁《かり》の列が南へ急ぐのを見ても、しかし、将卒一同誰一人として甘い懐郷の情などに唆《そそ》られるものはない。それほどに、彼らの位置は危険極まるものだったのである。

騎兵を主力とする匈奴に向かって、一隊の騎馬兵をも連れずに歩兵ばかり（馬に跨《またが》る者は、陵とその幕僚数人に過ぎなかった）で奥地深く侵入することからして、無謀の極みという外はない。その歩兵もわずか五千、絶えて後援はなく、しかもこの浚稽山は、最も近い漢塞の居延からでも優に一千五百里（支那《しな》[10]里程）は離れている。統率者李陵への絶対的な信頼と心服とがなかったならとうてい続けられるような行軍ではなかった。

毎年秋風が立ち始めると決まって漢の北辺には、胡馬《こば》[11]に鞭《むち》うった剽悍《ひょうかん》な侵略者の大部隊が現れる。辺吏が殺され、人民が掠《かす》められ、家畜が奪略される。五原・朔方・雲中・上谷・雁門《がんもん》などが、その例年の被害地である。大将軍衛青《えいせい》[12]・嫖騎《ひょうき》将軍霍去病《かくきょへい》[13]の武略によって一時漠南[14]に王庭なしといわれた元狩《げんしゅ》[15]以後元鼎《げんてい》へかけての数年を除いては、ここ三十年来欠かすことなくこうした北辺の災いがつづいていた。霍去病が死んでから十八年、衛青が没してから七年。浞野《さくや》侯《こう》趙破奴《ちょうはど》は全軍を率いて虜《ろ》[16]に降《くだ》り、光禄勲《こうろくくん》徐自為の朔北《さくほく》に築いた城障もたちまち破壊される。全軍の信頼を繋《つな》ぐに足る将帥《しょうすい》としては、わずかに先年大宛《だいえん》[17]を遠征して武名を挙げた弐師《じし》将軍李広利《りこうり》[18]があるに過ぎない。

その年——天漢二年夏五月、——匈奴の侵略に先立って、弐師将軍が三万騎に将として酒泉を出た。しきりに西辺を窺《うかが》う匈奴の右賢王《うけんおう》[19]を天山に撃とうというのである。武帝は李陵に命じてこの軍旅の輜重《しちょう》[20]のことに当たらせようとした。未央宮《びおうきゅう》[21]の武台殿に召見された李陵は、しかし、極力その役を免ぜられんことを請うた。陵は、飛将軍と呼ばれた名将李広《りこう》の孫。つとに祖父の風ありといわれた騎射の名手で、数年前から騎都尉として西辺の酒泉・張掖《ちょうえき》にあって射を教え兵を練っていたのである。年齢もようやく四十に近い血気盛りとあっては、輜重の役はあまりに情けなかったに違いない。

---

9 **突兀**　高くそびえるさま。　10 **里**　距離の単位。中国の一里は、約五〇〇メートル。　11 **胡馬**　中国北方地方に産する馬。　12 **衛青**　武帝に仕えた武将。?—前一〇六年。　13 **霍去病**　武帝に仕えた武将。前一四〇—前一一七年。　14 **漠南に王庭なし**　ゴビ砂漠の南方に匈奴の領土はない。　15 **元狩以後元鼎**　ともに、前漢の元号。「元狩」は、前一二二—前一一七年。「元鼎」は、前一一六—前一一一年。　16 **虜**　敵。とくに、敵対する異民族の称。ここでは、匈奴を指す。　17 **大宛**　漢・魏《ぎ》時代の西方の国の一つ。　18 **李広利**　前漢の武将。?—前八八年。　19 **右賢王**　匈奴における国制の地位の一つ。左賢王とともに、皇帝である単于《ぜんう》に次ぐ地位。　20 **輜重**　軍隊のために、武器・食糧などを輸送する役。　21 **未央宮**　長安にあった宮殿。

臣が辺境に養うところの兵は皆荊楚《けいそ》[22]の一騎当千の勇士なれば、願わくは彼らの一隊を率いて討って出《い》で、側面から匈奴の軍を牽制《けんせい》したいという陵の嘆願には、武帝も頷《うなず》くところがあった。しかし、相つづく諸方への派兵のために、あいにく、陵の軍に割くべき騎馬の余力がないのである。李陵はそれでも構わぬといった。確かに無理とは思われたが、輜重の役などに当てられるよりは、むしろ己のために身命を惜しまぬ部下五千とともに危うきを冒すほうを選びたかったのである。臣願わくは少をもって衆を撃たんといった陵の言葉を、派手好きな武帝は大いに喜んで、その願いを入れた。李陵は西、張掖に戻って部下の兵を勒《ろく》[23]するとすぐに北へ向けて進発した。当時居延に屯《たむろ》していた彊弩都尉《きょうどとい》路博徳が詔を受けて、陵の軍を中道まで迎えに出る。そこまではよかったのだが、それから先がすこぶる拙《まず》いことになってきた。元来この路博徳という男は古くから霍去病の部下として軍に従い、邳離侯《ひりこう》にまで封ぜられ、ことに十二年前には伏波《ふくは》将軍として十万の兵を率いて南越《なんえつ》[24]を滅した老将である。その後、法に坐《ざ》して侯を失い現在の地位に堕《おと》されて西辺を守っている。年齢からいっても、李陵とは父子ほどに違う。かつては封侯をも得たその老将が今さら若い李陵ごときの後塵《こうじん》を拝するのが何としても不愉快だったのである。彼は陵の軍を迎えると同時に、都へ使いをやって奏上させた。今まさに秋とて匈奴の馬は肥え、寡兵をもってしては、騎馬戦を得意とする彼らの鋭鋒《えいほう》にはいささか当たり難い。それゆえ、李陵とともにここに越年し、春を待ってから、酒泉・張掖の騎各五千をもって出撃したほうが得策と信ずるという上奏文である。もちろん、李陵はこのことをしらない。武帝はこれを見ると酷《ひど》く怒った。李陵が博徳と相談の上での上書と考えたのである。我が前ではあの通り広言しておきながら、今さら辺地に行って急に怯《お》じ気づくとは何事ぞという。たちまち使いが都から博徳と陵のところに飛ぶ。李陵は少をもって衆を撃たんと我が前で広言したゆえ、汝《なんじ》はこれと協力する必要はない。今匈奴が西河に侵入したとあれば、汝は早速陵を残して西河に馳《は》せつけ敵の道を遮れ、というのが博徳への詔である。李陵への詔には、ただちに漠北に至り東は浚稽山から南は龍勒水《りょうろくすい》の辺《ほと》りまでを偵察観望し、もし異状なくんば、浞野侯の故道に従って受降城に至って士を休めよとある。博徳と相談してのあの上書はいったい何たることぞ、という烈《はげ》しい詰問のあったことは言うまでも

22 荊楚　長江中流域の地方。　23 勒する　兵馬をととのえること。　24 南越　現在の広東・広西省からベトナム北部に勢力を張っていた国。

ない。寡兵をもって敵地に徘徊《はいかい》することの危険を別としても、なお、指定されたこの数千里の行程は、騎馬を持たぬ軍隊にとっては甚だむずかしいものである。徒歩のみによる行軍の速度と、人力による車の牽引力《けんいんりょく》と、冬へかけての胡地《こち》の気候とを考えれば、これは誰にも明らかであった。武帝は決して庸主《ようしゅ》[25]ではなかったが、同じく庸主ではなかった隋《ずい》[26]の煬帝《ようだい》や始皇帝[27]などと共通した長所と短所とをもっていた。愛寵比《あいちょうたぐい》なき李夫人の兄たる弐師将軍にしてからが兵力不足のためいったん、大宛から引き揚げようとして帝の逆鱗《げきりん》にふれ、玉門関[28]をとじられてしまった。その大宛征討も、たかだか善馬がほしいからとて思い立たれたものであった。帝が一度言い出したら、どんな我が儘《まま》でも絶対に通されねばならぬ。まして、李陵の場合は、もともと自ら乞うた役割でさえある。(ただ季節と距離とに相当に無理な注文があるだけで)躊躇《ちゅうちょ》すべき理由はどこにもない。彼は、かくて、「騎兵を伴わぬ北征」に出たのであった。

浚稽山の山間には十日余り留《とど》まった。その間、日ごとに斥候《せっこう》[29]を遠く派して敵状を探ったのはもちろん、付近の山川地形を余すところなく図に写しとって都へ報告しなければならなかった。報告書は麾下《きか》の陳歩楽という者が身に帯びて、単身都へ馳《は》せるのである。選ばれた使者は、李陵に一揖《いちゆう》[30]してから、十頭に足らぬ少数の馬の中の一匹に打ち跨《また》がると、一鞭《ひとむち》あてて丘を駆け下りた。灰色に乾いた漠々たる風景の中に、その姿が次第に小さくなっていくのを、一軍の将士は何か心細い気持ちで見送った。

十日の間、浚稽山の東西三十里のうちには一人の胡兵をも見なかった。

彼らに先立って夏のうちに天山[31]へと出撃した弐師将軍はいったん右賢王を破りながら、その帰途別の匈奴の大軍に囲まれて惨敗した。漢兵は十に六、七を討たれ、将軍の一身さえ危うかったという。その噂《うわさ》は彼らの耳にも届いている。李広利を破ったその敵の主力が今どの辺りにいるのか？　今、因杅《いんう》将軍公孫敖《こうそんごう》が西河・朔方の辺で防いでいる（陵と手を分かった路博徳はその応援に馳せつけていったのだが）という敵軍は、どうも、距離と時間とを計ってみるに、問題の敵の主力ではなさそうに思われる。天山から、そんなに早く、東方四千里の河南（オルドス）の地まで行けるはずがない

25 **庸主**　愚かな君主。26 **隋の煬帝**　隋の第二代皇帝。中国史を代表する暴君といわれる。在位、六〇四—六一八年。27 **始皇帝**　戦国時代の秦王。在位、前二四六—前二二一年。初めて中国を統一した。28 **玉門関**　西域に通じる重要な関所。29 **斥候**　敵地の偵察のために派遣する兵士。30 **一揖**　一礼。会釈。「揖」は、両手を胸の前で組み合わせて行う敬礼。31 **天山**　中国の北西国境地帯にある山脈。

からである。どうしても匈奴の主力は現在、陵の軍の止営地から北方郅居水《しつきょすい》までの間辺りに屯していなければならない勘定になる。李陵自身毎日前山の頂に立って四方を眺めるのだが、東方から南へかけてはただ漠々たる一面の平砂、西から北へかけては樹木に乏しい丘陵性の山々が連なっているばかり、秋雲の間に時として鷹《たか》か隼《はやぶさ》かと思われる鳥の影を見ることはあっても、地上には一騎の胡兵をも見ないのである。

山峡の疎林の外れに兵車を並べて囲い、その中に帷幕《いばく》[32]を連ねた陣営である。夜になると、気温が急に下がった。士卒は乏しい木々を折り取って焚《た》いては暖をとった。十日もいるうちに月はなくなった。空気の乾いているせいか、ひどく星が美しい。黒々とした山影とすれすれに、夜ごと、狼星《ろうせい》[33]が青白い光芒《こうぼう》を斜めに引いて輝いていた。十数日事なく過ごした後、明日はいよいよここを立ち退《の》いて、指定された進路を東南へ向かって取ろうと決したその晩のことである。一人の歩哨《ほしょう》が見るともなくこの爛々《らんらん》たる狼星を見上げていると、突然、その星のすぐ下のところにすこぶる大きな赤黄色い星が現れた。オヤと思っているうちに、その見なれぬ大きな星が赤く太い尾を引いて動いた。と続いて、二つ三つ四つ五つ、同じような光がその周囲に現れて、動いた。思わず歩哨が声を立てようとした時、それらの遠くの灯はフッと一時に消えた。まるで今見たことが夢だったかのように。

歩哨の報告に接した李陵は、全軍に命じて、明朝天明とともにただちに戦闘に入るべき準備を整えさせた。外に出て一応各部署を点検し終わると、再び幕営に入り、雷のごとき鼾声《かんせい》を立てて熟睡した。

翌朝李陵が目を覚まして外へ出てみると、全軍はすでに昨夜の命令通りの陣形をとり、静かに敵を待ち構えていた。全部が、兵車を並べた外側に出、矛と盾とを持った者が前列に、弓弩《きゅうど》[34]を手にした者が後列にと配置されているのである。この谷を挟んだ二つの山はまだ暁暗の中に森閑とはしているが、そこここの岩陰に何かのひそんでいるらしい気配が何となく感じられる。

朝日の影が谷合いにさしこんでくると同時に（匈奴は、単于《ぜんう》[35]がまず朝日を拝した後でなければ事を発しないのであろう）、今まで何一つ見えなかった両山の頂から斜面にかけて、無数の人影が一時に湧いた。天地を揺るがす喊声《かんせい》とともに

32 **帷幕** 垂れ幕と引き幕。 33 **狼星** 天狼星。おおいぬ座の一等星シリウス。 34 **弓弩** 弓と石弓。「弩」は、バネ仕掛けで矢を発射する弓。 35 **単于** 匈奴の皇帝の名称。

弩

に胡兵は山下に殺到した。胡兵の先頭が二十歩の距離に迫った時、それまで鳴りをしずめていた漢の陣営から初めて鼓声が響く。たちまち千弩《せんど》ともに発し、弦に応じて数百の胡兵は一斉に倒れた。間髪を入れず、浮き足立った残りの胡兵に向かって、漢軍前列の持戟者《じげきしゃ》[36]らが襲いかかる。匈奴の軍は完全に潰《つい》えて、山上へ逃げ上った。漢軍これを追撃して虜首《りょしゅ》を挙げること数千。

　鮮やかな勝ちっぷりではあったが、執念深い敵がこのままで退くことは決してない。今日の敵軍だけでも優に三万はあったろう。それに、山上に靡《なび》いていた旗印から見れば、紛れもなく単于の親衛軍である。単于がいるものとすれば、八万や十万の後詰めの軍は当然繰り出されるものと覚悟せねばならぬ。李陵は即刻この地を撤退して南へ移ることにした。それもここから東南二千里の受降城へという前日までの予定を変えて、半月前に辿《たど》ってきたその同じ道を南へ取って一日も早くもとの居延塞（それとて千数百里離れてはいるが）に入ろうとしたのである。

　南行三日目の昼、漢軍の後方遥《はる》か北の地平線に、雲のごとく黄塵《こうじん》の揚がるのが見られた。匈奴騎兵の追撃である。翌日はすでに八万の胡兵が騎馬の快速を利して、漢軍の前後左右を隙もなく取り囲んでしまっていた。ただし、前日の失敗に懲りたとみえ、至近の距離にまでは近付いてこない。南へ行進していく漢軍を遠巻きにしながら、馬上から遠矢を射かけるのである。李陵が全軍を停めて、戦闘の体形をとらせれば、敵は馬を駆って遠く退き、搏戦《はくせん》[37]を避ける。再び行軍をはじめれば、また近づいてきて矢を射かける。行進の速度が著しく減ずるのはもとより、死傷者も一日ずつ確実に殖えていくのである。飢え疲れた旅人の後をつける広野の狼《おおかみ》のように、匈奴の兵はこの戦法を続けつつ執念深く追ってくる。少しずつ傷つけていった揚げ句、いつかは最後の止《とど》めを刺そうとその機会を窺っているのである。

かつ戦い、かつ退きつつ南行することさらに数日、ある山谷の中で漢軍は一日の休養をとった。負傷者もすでにかなりの数に上っている。李陵は全員を点呼して、被害状況を調べた後、傷の一カ所に過ぎぬ者には平生通り兵器を執って闘わしめ、両創[38]を蒙《こうむ》る者にもなお兵車を助け推さしめ、三創にして初めて輦《れん》[39]に載せて助け運ぶことに決めた。輸送力の欠乏から死体はすべて広野に遺棄する外はなかったのである。この夜、陣中視察の時、李陵はたまたまある輜重車中に男の服を纏《まと》うた女を発見した。全軍の

---

36 **持戟者**　戟《ほこ》を持った兵。
37 **搏戦**　直接刃を交える格闘。
38 **両創**　二カ所の傷。
39 **輦**　人が引く手車。

車両についていちいち取り調べたところ、同様にして潜んでいた十数人の女が捜し出された。往年関東[40]の群盗が一時に戮《りく》[41]に遇った時、その妻子らが追われて西辺に移り住んだ。それら寡婦のうち衣食に窮するままに、辺境守備兵の妻となり、あるいは彼らを華客《かかく》とする娼婦《しょうふ》となり果てた者が少なくない。兵車中に隠れてはるばる漠北まで従い来たったのは、そういう連中である。李陵は軍吏に女らを斬るべくカンタンに命じた。彼女らを伴い来たった士卒については一言のふれるところもない。谷間の凹地《くぼち》に引き出された女どもの甲高い号泣がしばらくつづいた後、突然それが夜の沈黙に呑《の》まれたようにフッと消えていくのを、軍幕の中の将士一同は粛然たる思いで聞いた。

翌朝、久しぶりで肉薄来襲した敵を迎えて漢の全軍は思いきり快戦した。敵の遺棄死体三千余。連日の執拗なゲリラ戦術に久しくいら立ち屈していた士気がにわかに奮い立った形である。次の日からまた、もとの龍城《りゅうじょう》の道に従って、南方への退行が始まる。匈奴はまたしても、もとの遠巻き戦術に還《かえ》った。五日目、漢軍は、平砂の中に時に見出《みいだ》される沼沢地の一つに踏み入った。水は半ば凍り、泥濘《でいねい》も脛《すね》を没する深さで、行けども行けども果てしない枯れ葦原《あしはら》が続く。風上に回った匈奴の一隊が火を放った。朔風は炎を煽《あお》り、真昼の空の下に白っぽく輝きを失った火は、すさまじい速さで漢軍に迫る。李陵はすぐに附近の葦に迎え火を放たしめて、辛うじてこれを防いだ。火は防いだが、[42]沮洳地《そじょち》の車行の困難は言語に絶した。休息の地のないままに一夜泥濘の中を歩き通した後、翌朝ようやく丘陵地に辿りついた途端に、先回りして待ち伏せていた敵の主力の襲撃に遭った。人馬入り乱れての搏兵戦である。騎馬隊の烈しい突撃を避けるため、李陵は車を捨てて、山麓の疎林の中に戦闘の場所を移し入れた。林間からの猛射はすこぶる効を奏した。たまたま陣頭に姿を現した単于とその親衛隊とに向かって、一時に連弩《れんど》を発して乱射した時、単于の白馬は前脚を高くあげて棒立ちとなり、[43]青袍《せいほう》をまとうた胡主はたちまち地上に投げ出された。親衛隊の二騎が馬から下りもせずに、右左からさっと単于を掬《すく》い上げると、全隊がたちまちこれを中に囲んで素早く退いて行った。乱闘数刻の後ようやく執拗な敵を撃退し得たが、確かに今までにない難戦であった。遺された敵の死体はまたしても数千を算したが、漢軍も千に近い戦死者を出したのである。

　この日捕らえた胡虜の口から、敵軍の事情の一端を知ることができた。それによれ

---

40 **関東** 函谷関《かんこくかん》の東側。　41 **戮** 処刑。　42 **沮洳地** ぬかるんだ土地。　43 **青袍** 青い上着。

ば、単于は漢兵の手強《てごわ》さに驚嘆し、已に二十倍する大軍をも恐れず日に日に南下して我を誘うかに見えるのは、あるいはどこか近くに伏兵があって、それを恃《たの》んでいるのではないかと疑っているらしい。前夜その疑いを単于が幹部の諸将に漏らして事を計ったところ、結局、そういう疑いも確かにあり得るが、ともかくも、単于自ら数万騎を率いて漢の寡勢を滅し得ぬとあっては、我々の面目《めんぼく》に係わるという主戦論が勝ちを制し、これより南四、五十里は山谷がつづくがその間力戦猛攻し、さて平地に出て一戦してもなお破り得ないとなったらその時初めて兵を北に帰そうということに決まったという。これを聞いて、校尉[44]韓延年以下漢軍の幕僚たちの頭に、あるいは助かるかも知れぬぞ、という希望のようなものが微かに湧いた。

翌日からの胡軍の攻撃は猛烈を極めた。捕虜の言の中にあった最後の猛攻というのを始めたのであろう。襲撃は一日に十数回繰り返された。手厳しい反撃を加えつつ漢軍は徐々に南に移っていく。三日経《た》つと平地に出た。平地戦になると倍加される騎馬隊の威力にものを言わせ匈奴軍は遮二無二漢軍を圧倒しようとかかったが、結局またも二千の死体を遺して退いた。捕虜の言が偽りでなければ、これで胡軍は追撃を打ち切るはずである。たかが一兵卒の言った言葉ゆえ、それほど信頼できるとは思わなかったが、それでも幕僚一同いささかホッとしたことは争えなかった。

その晩、漢の軍候、管敢《かんかん》という者が陣を脱して匈奴の軍に逃げ降《くだ》った。かつて長安都下の悪少年だった男だが、前夜斥候《せっこう》上の手抜かりについて校尉・成安侯韓延年のために衆人の前で面罵《めんば》され、笞《むち》打たれた。それを含んでこの挙に出たのである。先日谷間で斬に遭った女どもの一人が彼の妻だったのだともいう。管敢は匈奴の捕虜の自供した言葉を知っていた。それゆえ、胡陣に逃げて単于の前に引き出されるや、伏兵を恐れて引き上げる必要のないことを力説した。言う。漢軍には後援がない。矢もほとんど尽きようとしている。負傷者も続出して行軍は難渋を極めている。漢軍の中心をなすものは、李将軍および成安侯韓延年の率いる各八百人だが、それぞれ黄と白との幟《のぼり》をもって印としているゆえ、明日胡騎の精鋭をしてそこに攻撃を集中せしめてこれを破ったなら、他は容易に壊滅するであろう、云々《うんぬん》。単于は大いに喜んで厚く敢を遇し、ただちに北方への引き上げ命令を取り消した。

翌日。李陵・韓延年速やかに降れと疾呼《しっこ》しつつ胡軍の最精鋭は、黄白の幟を目指し

44 校尉　将軍の下で部隊を指揮する官。

て襲いかかった。その勢いに漢軍は、次第に平地から西方の山地へと押されていく。ついに本道から遥かに離れた山谷の間に追い込まれてしまった。四方の山上から敵は矢を雨のごとくに注いだ。それに応戦しようにも、今や矢が完全に尽きてしまった。遮虜鄣《しやりよしよう》を出る時各人が百本ずつ携えた五十万本の矢がことごとく射尽くされたのである。矢ばかりではない。全軍の刀槍矛戟《とうそうぼうげき》の類も半ばは折れ欠けてしまった。文字通り刀折れ矢尽きたのである。それでも、矛を失ったものは車輻《しやふく》[45]を斬ってこれを持ち、軍吏は尺刀《せきとう》[46]を手にして防戦した。谷は奥へ進むに従っていよいよ狭くなる。胡卒は諸所の崖の上から大石を投下し始めた。矢よりもこのほうが確実に漢軍の死傷者を増加させた。死屍《しし》と累石とでもはや前進も不可能になった。

その夜、李陵は小袖短衣の便衣《べんい》[47]を着け、誰もついてくるなと禁じて独り幕営の外に出た。月が山の峡から覗《のぞ》いて谷間に堆《うずたか》い屍《しかばね》を照らした。浚稽山の陣を撤する時は夜が暗かったのに、またも月が明るくなり始めたのである。月光と満地の霜とで片岡《かたおか》の斜面は水に濡れたように見えた。幕営の中に残った将士は、李陵の服装からして、彼が単身敵陣を窺ってあわよくば単于と刺し違える所存に違いないことを察した。李陵はなかなか戻ってこなかった。彼らは息をひそめてしばらく外の様子を窺った。遠く山上の敵塁から胡笳《こか》[48]の声が響く。かなり久しくたってから、音もなく帷《とばり》をかかげて李陵が幕の内にはいってきた。駄目だ。と一言吐き出すように言うと、踞牀《きょしょう》[49]に腰を下ろした。全軍斬死の外、道はないようだなと、またしばらくしてから、誰に向かってともなく言った。満座口をひらく者はない。ややあって軍吏の一人が口を切り、先年浞野侯趙破奴が胡軍のために生け捕られ、数年後に漢に逃げ帰った時も、武帝はこれを罰しなかったことを語った。この例から考えても、寡兵をもって、かくまで匈奴を震《しん》駭《がい》させた李陵であってみれば、たとえ都へ逃れ帰っても、天子はこれを遇する道を知りたもうであろうというのである。李陵はそれを遮って言う。陵一個のことはしばらく措《お》け。とにかく、今数十矢もあれば一応は囲みを脱出することもできようが、一本の矢もないこの有様では、明日の天明には全軍が座して縛を受けるばかり。ただ、今夜のうちに囲みを突いて外に出、各自鳥獣と散じて走ったならば、その中にはあるいは辺塞に辿りついて、天子に軍状を報告し得る者もあるかも知れぬ。

45 **車輞**　車輪の軸と外側の輪とを結ぶ、放射状に取り付けられた多くの細長い棒。46 **尺刀**　短い刀。47 **便衣**　簡便な衣服。48 **胡笳**　葦《あし》の葉を巻いて作った匈奴特有の笛。49 **踞牀**　床几《しょうぎ》。簡便な腰掛け。

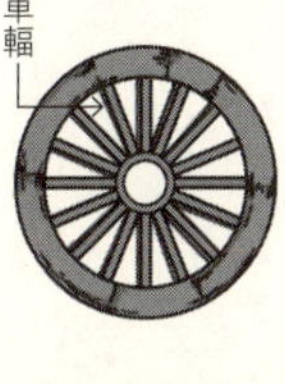

案ずるに現在の地点は鞮汗山《ていかんざん》北方の山地に違いなく、居延まではなお数日の行程ゆえ、成否のほどはおぼつかないが、ともかく今となっては、その他に残された道はないではないか。諸将僚もこれに頷《うなず》いた。全軍の将卒に各二升[50]の糒[51]《ほしいい》と一個の氷片とが分かたれ、遮二無二、遮虜鄣に向かって走るべきむねがふくめられた。さて、一方、ことごとく漢陣の旌旗[52]《せいき》を倒しこれを斬って地中に埋めた後、武器兵車などの敵に利用され得る惧《おそ》れのあるものも皆打ち壊した。夜半、鼓して兵を起こした。軍鼓の音も惨《さん》として響かぬ。李陵は韓校尉とともに馬に跨がり壮士十余人を従えて先頭に立った。この日追い込まれた峡谷の東の口を破って平地に出、それから南へ向けて走ろうというのである。

早い月はすでに落ちた。胡虜の不意を衝いて、ともかくも全軍の三分の二は予定通り峡谷の東口を突破した。しかしすぐに敵の騎馬兵の追撃に遭った。徒歩の兵は大部分討たれあるいは捕らえられたようだったが、混戦に乗じて敵の馬を奪った数十人は、その胡馬に鞭うって南方へ走った。敵の追撃をふりきって夜目にもぼっと白い平砂の上を、のがれ去った部下の数を数えて、確かに百に余ることを確かめ得ると、李陵はまた峡谷の入り口の修羅場にとって返した。身には数創を帯び、自らの血と返り血とで戎衣は重く濡《ぬ》れていた。彼と並んでいた韓延年はすでに討たれて戦死していた。麾下を失い全軍を失って、もはや天子に見《まみ》ゆべき面目はない。彼は矛を取り直すと、再び乱軍の中に駆け入った。暗い中で敵味方も分からぬほどの乱闘の中に、李陵の馬が流れ矢に当たったと見えてガックリ前にのめった。それとどちらが早かったか、前なる敵を突こうと矛を引いた李陵は、突然背後から重量のある打撃を後頭部に食らって失神した。馬から転落した彼の上に、生け捕ろうと構えた胡兵どもが十重二十重とおり重なって、とびかかった。

二

九月に北へ立った五千の漢軍は、十一月に入って、疲れ傷ついて将を失った四百足らずの敗兵となって辺塞に辿りついた。敗報はただちに駅伝をもって長安の都に達した。

50 升　容積の単位。一升は、約一・八リットル。51 糒　干した飯。旅中の食糧。52 旌旗　軍旗。

武帝は思いの外腹を立てなかった。本軍たる李広利の大軍さえ惨敗しているのに、一支隊たる李陵の寡軍に大した期待のもてよう道理がなかったから。それに彼は、李陵が必ずや戦死しているに違いないとも思っていたのである。ただ、先頃李陵の使いとして漠北から、「戦線異状なし、士気すこぶる旺盛《おうせい》。」の報をもたらした陳歩楽だけは（彼は吉報の使者として嘉《よみ》せられ[53]郎《ろう》となってそのまま都に留《とど》まっていた）成り行き上どうしても自殺しなければならなかった。哀れではあったが、これはやむをえない。

翌、天漢三年の春になって、李陵は戦死したのではない。捕らえられて虜《ろ》に降ったのだという確報が届いた。武帝は初めて[54]嚇怒《かくど》した。即位後四十余年。帝はすでに六十に近かったが、気象の烈《はげ》しさは壮時に超えている。[55]神仙の説を好み方士[56]巫覡《ふげき》の類を信じた彼は、それまでに己の絶対に尊信する方士どもに幾度か欺かれていた。漢の勢威の絶頂に当たって五十余年の間君臨したこの大皇帝は、その中年以後ずっと、霊魂の世界への不安な関心に執拗につきまとわれていた。それだけに、その方面での失望は彼にとって、大きな打撃となった。こうした打撃は生来闊達《かったつ》だった彼の心に、年とともに群臣への暗い猜疑《さいぎ》を植えつけていった。李蔡《りさい》、青翟《せいてき》、趙周《ちょうしゅう》と、[57]丞相《じょうしょう》たる者は相ついで死罪に行われた。現在の丞相たる公孫賀のごとき、命を拝した時に己が運命を恐れて帝の前で手離しで泣き出したほどである。硬骨漢汲黯《きゅうあん》が退いた後は、帝を取り巻くものは、佞臣《ねいしん》[58]にあらずんば酷吏[59]であった。

さて、武帝は諸重臣を召して李陵の処置について計った。李陵の身体は都にはないが、その罪の決定によって、彼の妻子・眷属《けんぞく》[60]・家財などの処分が行われるのである。酷吏として聞こえた一廷尉[61]が常に帝の顔色を窺《うかが》い合法的に法を曲げて帝の意を迎えることに巧みであった。ある人が法の権威を説いてこれを詰《なじ》ったところ、これに答えていう。前主の是とするところこれが律となり、後主の是とするところこれが令となる。当時の君主の意の外に何の法があろうぞと。群臣皆この廷尉の類であった。丞相公孫賀、御史大夫《ぎょしたいふ》[62]杜周《としゅう》、太常《たいじょう》、趙弟《ちょうてい》以下、誰一人として、帝の震怒《しんど》を犯してまで陵のために弁じようとする者はない。口を極めて彼らは李陵の売国的行為を罵る。陵のごとき変節漢と肩を並べて朝に仕えていたことを思うと今さらながら恥ずかしいと言い出し

53 **郎**　朝廷の各部署で働く主任級の官。54 **嚇怒**　激しく怒ること。55 **神仙の説**　仙術をもって不老不死を求める論。56 **方士巫覡**　「方士」は、仙術を行う者。「巫覡」は、神に仕えることを務めとする人。57 **丞相**　君主を補佐した最高位の官。58 **佞臣**　君主にへつらう臣下。59 **酷吏**　人民を虐待する役人。60 **眷属**　家族、親族。61 **廷尉**　刑罰・司法を管轄する官。62 **御史大夫**　官僚の監察を行う官。

た。平生の陵の行為の一つ一つがすべて疑わしかったことに意見が一致した。陵の従弟《いとこ》に当たる李敢が太子の寵《ちょう》を頼んで驕恣《きょうし》[63]であることまでが、陵への讒謗《ざんぼう》の種子《たね》になった。口を緘《かん》して意見を洩《も》らさぬ者が、結局陵に対して最大の好意をもつ者だったが、それも数えるほどしかいない。

ただ一人、苦々しい顔をしてこれらを見守っている男がいた。今口を極めて李陵を讒誣《ざんぶ》しているのは、数カ月前李陵が都を辞する時に杯をあげて、その行を壮《さか》んにした連中ではなかったか。漠北からの使者が来て李陵の軍の健在を伝えた時、さすがは名将李広の孫と李陵の孤軍奮闘を讃《たた》えたのもまた同じ連中ではないのか。恬《てん》として既往を忘れたふりのできる顕官[64]連や、彼らの諂諛《てんゆ》[65]を見破るほどに聡明《そうめい》ではありながらなお真実に耳を傾けることを嫌う君主が、この男には不思議に思われた。いや、不思議ではない。人間がそういうものとは昔からいやになるほど知ってはいるのだが、それにしてもその不愉快さに変わりはないのである。下大夫の一人として朝につらなっていたために彼もまた下問を受けた。その時、この男はハッキリと李陵を褒め上げた。言う。陵の平生を見るに、親に事《つか》えて孝、士と交わって信、常に奮って身を顧みずもって国家の急に殉ずるはまことに国士の風ありというべく、今不幸にして事一度破れたが、身を全うし妻子を保《やす》んずることをのみただ念願とする君側の佞人ばらが、この陵の一失を取り上げてこれを誇大歪曲《わいきょく》しもって上の聡明を蔽《おお》おうとしているのは、遺憾この上極まりない。そもそも陵の今回の軍たる、五千に満たぬ歩卒を率いて深く敵地に入り、匈奴数万の師を奔命[66]に疲れしめ、転戦千里、矢尽き道窮まるに至るもなお全軍空弩《くうど》を張り、白刃を冒して死闘している。部下の心を得てこれに死力を尽くさしむること、古《いにしえ》の名将といえどもこれには過ぎまい。軍敗れたりとはいえ、その善戦のあとはまさに天下に顕彰するに足る。思うに、彼が死せずして虜に降ったというのも、潜かにかの地にあって何事か漢に報いんと期してのことではあるまいか。……

　並いる群臣は驚いた。こんなことのいえる男が世にいようとは考えなかったからである。彼らはこめかみを震わせた武帝の顔を恐る恐る見上げた。それから、自分らをあえて全躯《ぜんく》保《ほ》妻子《さいし》の臣と呼んだこの男を待つものが何であるかを考えて、ニヤリとするのである。

63 **驕恣**　おごり高ぶって、わがままなさま。　64 **顕官**　高官。　65 **諂諛**　おもねり。へつらい。　66 **奔命**　忙しく奔走すること。

向こう見ずなその男――[67]太史令・司馬遷《しばせん》が君前を退くと、すぐに、「全軀保妻子の臣」の一人が、遷と李陵との親しい関係について武帝の耳に入れた。太史令は故あって弐師将軍と隙《げき》あり、遷が陵を褒めるのは、それによって、今度、陵に先立って出塞して功のなかった弐師将軍を陥れんがためであると言う者も出てきた。ともかくも、たかが[68]星暦卜祝《ぼくしゆく》を司《つかさど》るに過ぎぬ太史令の身として、あまりにも不遜な態度だというのが一同の一致した意見である。おかしなことに、李陵の家族よりも司馬遷のほうが先に罪せられることになった。翌日、彼は廷尉に下された。刑は宮《きゅう》と決まった。

支那《しな》で昔から行われた肉刑の主なものとして、[69]黥《げい》、劓《ぎ》（はなきる）、剕《ひ》（あしきる）、宮、の四つがある。武帝の祖父・文帝の時、この四つのうち三つまでは廃せられたが、宮刑のみはそのまま残された。宮刑とはもちろん、男を男でなくする奇怪な刑罰である。これを一に腐刑ともいうのは、その傷が腐臭を放つがゆえだともいい、あるいは、腐木の実を生ぜざるがごとき男となり果てるからだともいう。この刑を受けた者を閹人《えんじん》と称し、宮廷の[70]宦官《かんがん》の大部分がこれであったことは言うまでもない。人もあろうに司馬遷がこの刑に遭ったのである。しかし、後代の我々が史記の作者として知っている司馬遷は大きな名前だが、当時の太史令司馬遷は[71]眇《びょう》たる一文筆の吏に過ぎない。頭脳の明晰《めいせき》なことは確かとしてもその頭脳に自信をもち過ぎた、人づき合いの悪い男、議論において決して他人《ひと》に負けない男、たかだか強情我慢の変屈人としてしか知られていなかった。彼が腐刑に遭ったからとて別に驚く者はない。

司馬氏はもと周の史官であった。後、晋《しん》に入り、秦《しん》に仕え、漢の代となってから四代目の司馬談が武帝に仕えて建元年間[72]に太史令をつとめた。この談が遷の父である。専門たる律・暦・易の他に道家の教えに詳しくまた広く儒《じゅ》、墨《ぼく》、法、名《めい》、諸家の説にも通じていたが、それらをすべて一家の見《けん》をもって統べて自己のものとしていた。己の頭脳や精神力についての自矜《じきょう》の強さはそっくりそのまま息子の遷に受け継がれたところのものである。彼が、息子に施した最大の教育は、諸学の伝授を終えて後に、海《かい》内《だい》[73]の大旅行をさせたことであった。当時としては変わった教育法であったが、これが後年の歴史家司馬遷に資するところのすこぶる大であったことは、いうまでもない。

67 **太史令・司馬遷** 「太史令」は、天文・記録をつかさどる官。「司馬遷」は、前漢の歴史家で、『史記』の著者。前一四五／一三五?―前八七／八六?年。68 **星暦卜祝** 天文・暦法・占い・祭祀。69 **黥** 入れ墨。70 **宦官** 後宮に仕えた、去勢された男の役人。71 **眇** とるに足らないさま。72 **建元年間** 前一四〇―前一三五年。73 **海内** 天下。ここでは、国内。

[74]元封《げんぷう》元年に武帝が東、[75]泰山《たいざん》に登って天を祭った時、たまたま周南で病床にあった熱血漢司馬談は、天子初めて[76]漢家の封を建つるめでたき時に、己一人従っていくことのできぬのを嘆き、憤りを発してそのために死んだ。古今を一貫せる通史の編述こそは彼の一生の念願だったのだが、単に材料の収集のみで終わってしまったのである。その臨終の光景は息子・遷の筆によって詳しく史記の最後の章に描かれている。それによると司馬談は己のまた起《た》ち難きを知るや遷を呼びその手を執って、懇ろに修史の必要を説き、己太史となりながらこのことに着手せず、賢君忠臣の事跡を空しく地下に埋もれしめる不甲斐《ふがい》なさを嘆いて泣いた。「予死せば汝《なんじ》必ず太史とならん。太史とならば我が論著せんと欲するところを忘るるなかれ。」といい、これこそ己に対する孝の最大なものだとて、爾《なんじ》それ思えやと繰り返した時、遷は俯首流涕《ふしゆりゆうてい》してその命に背かざるべきを誓ったのである。

父が死んでから二年の後、はたして、司馬遷は太史令の職を継いだ。父の収集した資料と、宮廷所蔵の秘冊とを用いて、すぐにも父子相伝の天職にとりかかりたかったのだが、任官後の彼にまず課せられたのは暦の改正という大事業であった。この仕事に没頭することちょうど満四年。[77]太初《たいしょ》元年にようやくこれを仕上げると、すぐに彼は史記の編纂《へんさん》に着手した。遷、時に年四十二。

　腹案はとうに出来上がっていた。その腹案による史書の形式は従来の史書のどれにも似ていなかった。彼は道義的批判の規準を示すものとしては春秋[78]を推したが、事実を伝える史書としては何としてもあきたらなかった。もっと事実が欲しい。教訓よりも事実が。左伝[79]や国語[80]になると、なるほど事実はある。左伝の叙事の巧妙さに至っては感嘆の外はない。しかし、その事実を作り上げる一人一人の人間についての探求がない。事件の中における彼らの姿の描出は鮮やかであっても、そうしたことをしでかすまでに至る彼ら一人一人の身元調べの欠けているのが、司馬遷には不服だった。それに従来の史書はすべて、当代の者に既往をしらしめることが主眼となっていて、未来の者に当代を知らしめるためのものとしての用意があまりに欠けすぎているようである。要するに、司馬遷の欲するものは、在来の史には求めて得られなかった。どう

74 **元封元年** 前一一〇年。75 **泰山** 中国山東省にある霊山。76 **漢家の封を建つる** 王家の祭祀を執り行う。77 **太初元年** 前一〇四年。78 **春秋** 五経の一つ。魯《ろ》国の記録に孔子が手を加えたといわれる。79 **左伝**『春秋左氏伝』。『春秋』の注釈書。80 **国語** 春秋時代を中心とする各国別の記録。『春秋左氏伝』と並び称された。春秋外伝。

いう点で在来の史書があきたらぬかは、彼自身でも自ら欲するところを書き上げてみて初めて判然する底《てい》のものと思われた。彼の胸中にあるモヤモヤと鬱積したものを書き現すことの要求のほうが、在来の史書に対する批判より先に立った。いや、彼の批判は、自ら新しいものを創るという形でしか現れないのである。自分が長い間頭の中で描いてきた構想が、史といえるものか、彼にも自信はなかった。しかし、史といえてもいえなくても、とにかくそういうものが最も書かれなければならないものだ（世人にとって、後代にとって、なかんずく己自身にとって）という点については、自信があった。彼も孔子《こうし》に倣って、述べて作らぬ方針を執ったが、しかし、孔子のそれとは多分に内容を異にした述而不作《のべてつくらず》[81]である。司馬遷にとって、単なる編年体の事件列挙はいまだ「述べる」の中にはいらぬものだったし、また、後世人の事実そのものを知ることを妨げるような、あまりにも道義的な断案は、むしろ「作る」の部類に入るように思われた。

漢が天下を定めてからすでに五代・百年、始皇帝[82]の反文化政策によって隠滅しあるいは隠匿されていた書物がようやく世に行われ始め、文の興らんとする気運が鬱勃《うつぼつ》として感じられた。漢の朝廷ばかりでなく、時代が、史の出現を要求している時であった。司馬遷個人としては、父の遺嘱による感激が学殖・観察眼・筆力の充実を伴ってようやく渾然《こんぜん》たるものを生み出すべく発酵しかけてきていた。彼の仕事は実に気持ちよく進んだ。むしろ快調に行きすぎて困るくらいであった。というのは、初めの五帝本紀《ほんぎ》から夏殷周秦《かいんしゅうしん》本紀あたりまでは、彼も、材料を按排《あんばい》して記述の正確厳密を期する一人の技師に過ぎなかったのだが、始皇帝を経て、[83]項羽《こうう》本紀に入る頃から、その技術家の冷静さが怪しくなってきた。ともすれば、項羽が彼に、あるいは彼が項羽にのり移りかねないのである。

　項王則チ《スナハ》夜起キテ帳中ニ飲ス。美人有リ。名ハ虞《グ》。常ニ幸セラレテ従フ。駿馬《シュンメ》名ハ騅《スイ》、常ニ之《コレ》ニ騎《キ》ス。是《ココ》ニ於《オイ》テ項王乃チ《スナハ》悲歌慷慨《カウガイ》シ自ラ詩ヲ為《ツク》リテ曰《イハ》ク「力山ヲ抜キ気世ヲ蓋《オホ》フ、時利アラズ騅逝《ユ》カズ、騅逝カズ奈何《イカニ》スベキ、虞ヤ虞ヤ若《ナンヂ》ヲ奈何ニセン」ト。歌フコト数[84]闋《ケツ》、美人之《コレ》ニ和ス。項王泣《ナミダ》数行下ル。左右皆泣キ、能《ヨ》ク仰ギ視《ミ》ルモノ莫《ナ》シ……

81 **述而不作**　古聖の道を承《う》け伝えるのみで、新説を立てないこと。『論語』述而篇《じゅつじへん》にある。82 **始皇帝の反文化政策**　焚書坑儒《ふんしょこうじゅ》の政策。書物を集めて焼き捨て、儒者を大勢穴埋めにして殺したことを指す。83 **項羽**　漢の高祖　劉《りゅう》邦《ほう》とともに秦を滅ぼし、天下を争って敗れた楚の王。前二三二—前二〇二年。84 **闋**　音曲などの一つの区切り。

これでいいのか？　と司馬遷は疑う。こんな熱に浮かされたような書きっぷりでいいものだろうか？　彼は「作ル」ことを極度に警戒した。自分の仕事は「述ベル」ことに尽きる。事実、彼は述べただけであった。しかし何と生気潑剌《はつらつ》たる述べ方であったか？　異常な想像的視覚をもった者でなければとうてい不能な記述であった。彼は、時に「作ル」ことを恐れるのあまり、すでに書いた部分を読み返してみて、それあるがために史上の人物が現実の人物のごとくに躍動すると思われる字句を削る。すると確かにその人物はハツラツたる呼吸を止める。これで、「作ル」ことになる心配はないわけである。しかし、（と司馬遷が思うに）これでは項羽が項羽でなくなるではないか。項羽も始皇帝も楚《そ》[85]の荘王もみんな同じ人間になってしまう。違った人間を同じ人間として記述することが、何が「述べる」だ？　「述べる」とは、違った人間は違った人間として述べることではないか。そう考えてくると、やはり彼は削った字句を再び生かさないわけにはいかない。元通りに直して、さて一読してみて、彼はやっと落ちつく。いや、彼ばかりではない。そこにかかれた史上の人物が、項羽や樊噲《はんかい》[86]や范《はん》[87]増《ぞう》が、みんなようやく安心してそれぞれの場所に落ちつくように思われる。

調子のよい時の武帝は誠に英邁闊達《えいまいかったつ》な、理解ある文教の保護者だったし、太史令という職が地味な特殊な技能を要するものだったために、官界につきものの朋党比周[88]の擠陥讒誣《せいかんざんぶ》[89]による地位（あるいは生命）の不安定からも免れることができた。

数年の間、司馬遷は充実した、幸福といっていい日々を送った。（当時の人間の考える幸福とは、現代人のそれとひどく内容の違うものだったが、それを求めることに変わりはない。）妥協性はなかったが、どこまでも陽性で、よく論じよく怒りよく笑いなかんずく論敵を完膚なきまでに説破することを最も得意としていた。

さて、そうした数年の後、突然、この禍が降《くだ》ったのである。

薄暗い蚕室の中で——腐刑施術後当分の間は風に当たることを避けねばならぬので、中に火を起こして暖かに保った、密閉した暗室を作り、そこに施術後の受刑者を数日の間入れて、身体を養わせる。暖かく暗いところが蚕を飼う部屋に似ているとて、そ

85 **楚の荘王**　春秋時代の楚の第六代の王。楚の歴代君主のなかでも最高の名君とされた。在位、前六一四—前五九一年。86 **樊噲**　漢の高祖（劉邦）に従った重臣。鴻門《こうもん》の会で項羽と劉邦が対面したとき、劉邦の危機を救った。87 **范増**　項羽に仕えて参謀となり、秦を滅ぼすのに功があった。のちに項羽から疎んぜられ、故郷に帰る途中病没した。88 **朋党比周**　仲間を作って結託し、それ以外の人を排斥すること。89 **擠陥讒誣**　悪意をもって無実の罪に陥れ、その罪を非難すること。

れを蚕室と名付けるのである。――言語を絶した混乱のあまり彼は茫然《ぼうぜん》と壁によりかかった。憤激よりも先に、驚きのようなものさえ感じていた。斬[90]に遭うこと、死を賜《たま》うことに対してなら、彼にはもとより平生から覚悟ができている。刑死する己の姿なら想像してみることもできるし、武帝の気に逆らって李陵を褒め上げた時もまかり間違えば死を賜うようなことになるかも知れぬくらいの懸念は自分にもあったのである。ところが、刑罰も数ある中で、よりによって最も醜陋《しゅうろう》[91]な宮刑にあおうとは！　迂闊《うかつ》といえば迂闊だが（というのは、死刑を予期するくらいなら当然、他のあらゆる刑罰も予期しなければならないわけだから）、彼は自分の運命の中に、不測の死が待ち受けているかもしれぬとは考えていたけれども、このような醜いものが突然現れようとは、全然、頭から考えもしなかったのである。常々、彼は、人間にはそれぞれその人間にふさわしい事件しか起こらないのだという一種の確信のようなものをもっていた。これは長い間史実を扱っているうちに自然に養われた考えであった。同じ逆境にしても、慷慨《こうがい》の士には激しい痛烈な苦しみが、軟弱の徒には緩慢なじめじめした醜い苦しみが、というふうにである。たとえ初めは一見ふさわしくないように見えても、少なくともその後の対処のし方によってその運命はその人間にふさわしいことが分かってくるのだと。司馬遷は自分を男だと信じていた。文筆の吏ではあっても当代のいかなる武人よりも男であることを確信していた。自分でばかりではない。このことだけは、いかに彼に好意を寄せぬ者でも認めないわけにはいかないようであった。それゆえ、彼は自らの持論に従って、車裂きの刑なら自分の行く手に思い描くことができたのである。それが齢《よわい》五十に近い身で、この辱めにあおうとは！　彼は、今自分が蚕室の中にいるということが夢のような気がした。夢だと思いたかった。しかし、壁によって閉じていた目を開くと、うす暗い中に、生気のない、魂までが抜けたような顔をした男が三、四人、だらしなく横たわったり座ったりしているのが目に入った。あの姿が、つまり今の己なのだと思った時、嗚咽《おえつ》とも怒号ともつかない叫びが彼の咽喉《のど》を破った。

　痛憤と煩悶《はんもん》との数日の中には、時に、学者としての彼の習慣から来る思索が——反省が来た。一体、今度の出来事の中で、何が——誰が——誰のどういうところが、悪かったのだという考えである。日本の君臣道とは根底から異なったかの国のこととて、当然、彼はまず、武帝を恨んだ。一時はその怨懣《えんまん》[92]だけで、一切他を顧みる余裕はなか

90 斬　罪人の首をきる刑。　91 醜陋　醜く卑しいさま。　92 怨懣　恨みと怒り。

ったというのが実際であった。しかし、しばらくの狂乱の時期の過ぎた後には、歴史家としての彼が、目覚めてきた。儒者と違って、いわゆる先王[93]の価値にも歴史家的な割引をすることを知っていた彼は、後王たる武帝の評価の上にも、私怨《しえん》のために狂いを来たさせることはなかった。何といっても武帝は大君主である、そのあらゆる欠点にもかかわらず、この君がある限り、漢の天下は微動だもしない。高祖はしばらく措《お》くとするも、仁君文帝[94]も名君景帝[95]も、この君に比べれば、やはり小さい。ただ大きいものは、その欠点までが大きく写ってくるのは、これはやむをえない。司馬遷は極度の憤怨の中にあってもこのことを忘れてはいない。今度のことは要するに天の作《な》せる疾風暴雨霹靂《へきれき》[96]に見舞われたものと思う外はないという考えが、彼をいっそう絶望的な憤りへと駆ったが、また一方、逆に諦観《ていかん》へも向かわせようとする。怨恨《えんこん》が長く君主に向かい得ないとなると、勢い、君側の姦臣《かんしん》[97]に向けられる。彼らが悪い。たしかにそうだ。しかし、この悪さは、すこぶる副次的な悪さである。それに、自矜心《じきようしん》の高い彼にとって、彼ら小人輩は、怨恨の対象としてさえ物足りない気がする。彼は、今度ほど好人物というものへの腹立ちを感じたことはない。これは姦臣や酷吏よりも始末が悪い。少なくとも側《そば》から見ていて腹が立つ。良心的に安っぽく安心しており、他にも安心させるだけ、いっそう怪《け》しからぬのだ。弁護もしなければ反駁もせぬ。心中、反省もなければ自責もない。丞相公孫賀のごとき、その代表的なものだ。同じ阿諛《あゆ》迎合を事としても、杜周《としゅう》[98]（最近この男は前任者王卿を陥れてまんまと御史大夫となりおおせた）のようなやつは自らそれを知っているに違いないが、このお人好しの丞相ときた日には、その自覚さえない。自分に全軀保妻子の臣といわれても、こういう手合いは、腹も立てないのだろう。こんな手合いは恨みを向けるだけの値打ちさえない。

司馬遷は最後に憤懣《ふんまん》の持っていき所を自分自身に求めようとする。実際、何ものかに対して腹を立てなければならぬとすれば、結局それは自分自身に対しての外はなかったのである。だが、自分のどこが悪かったのか？　李陵のために弁じたこと、これはいかに考えてみても間違っていたとは思えない。方法的にも格別拙かったとは考えぬ。阿諛に堕するのに甘んじない限り、あれはあれで外にどうしようもない。それで

93 **先王**　昔の、徳の優れた君主。堯《ぎょう》・舜《しゅん》など伝説の王をいう。94 **文帝**　前漢の第五代皇帝。在位、前一八〇―前一五七年。社会が安定し、次の景帝の代と合わせて「文景の治」と賞賛される。95 **景帝**　前漢の第六代皇帝。在位、前一五七―前一四一年。96 **霹靂**　急激な雷鳴。97 **姦臣**　邪悪な心をもった家来。98 **杜周**　武帝時代の酷吏。？―前九四年。

は、自ら顧みて疚《やま》しくなければ、そのやましくない行為が、どのような結果を来たそうとも、士たる者はそれを甘受しなければならないはずだ。なるほどそれは一応そうに違いない。だから自分も肢解《しかい》[99]されようと腰斬[100]にあおうと、そういうものなら甘んじて受けるつもりなのだ。しかし、この宮刑は——その結果かく成り果てた我が身の有様というものは、——これはまた別だ。同じ不具でも足を切られたり鼻を切られたりするのとは全然違った種類のものだ。士たる者の加えられるべき刑ではない。こればかりは、身体のこういう状態というものは、どういう角度から見ても、完全な悪だ。飾言[101]の余地はない。そうして、心の傷だけならば時とともに癒えることもあろうが、己が身体のこの醜悪な現実は死に至るまでつづくのだ。動機がどうあろうと、このような結果を招くものは、結局「悪かった」といわなければならぬ。しかし、どこが悪かった？　己のどこが？　どこも悪くなかった。己は正しいことしかしなかった。強いていえば、ただ、「我在り」という事実だけが悪かったのである。

茫然とした虚脱の状態で座っていたかと思うと、突然飛び上がり、傷ついた獣のごとくうめきながら暗く暖かい室の中を歩き回る。そうした仕草を無意識に繰り返しつつ、彼の考えもまた、いつも同じところをぐるぐる回ってばかりいて帰結するところを知らないのである。

我を忘れ壁に頭を打ちつけて血を流したその数回を除けば、彼は自らを殺そうと試みなかった。死にたかった。死ねたらどんなによかろう。それよりも数等恐ろしい恥辱が追い立てるのだから死をおそれる気持ちは全然なかった。なぜ死ねなかったのか？　獄舎の中に、自らを殺すべき道具のなかったことにもよろう。しかし、それ以外に何かが内から彼をとめる。はじめ、彼はそれが何であるかに気付かなかった。ただ狂乱と憤懣との中で、たえず発作的に死への誘惑を感じたにもかかわらず、一方彼の気持ちを自殺のほうへ向けさせたがらないものがあるのを漠然と感じていた。何を忘れたのかはハッキリしないながら、とにかく何か忘れものをしたような気のすることがある。ちょうどそんな具合であった。

許されて自宅に帰り、そこで謹慎するようになってから、初めて、彼は、自分がこの一月狂乱にとり紛れて己が畢生《ひっせい》[102]の事業たる修史のことを忘れ果てていたこと、しか

99　肢解　手足を切り離される刑。　100　腰斬　腰から下を切り離される刑。　101　飾言　言葉を体裁よく飾ること。
102　畢生　終生。一生。

し、表面は忘れていたにもかかわらず、その仕事への無意識の関心が彼を自殺から阻む役目を隠々のうちにつとめていたことに気がついた。

十年前臨終の床で自分の手をとり泣いて遺命した父の惻々《そくそく》[103]たる言葉は、今なお耳底にある。しかし、今疾痛惨憺《さんたん》を極めた彼の心の中にあってなお修史の仕事を思い絶たしめないものは、その父の言葉ばかりではなかった。それは何よりも、その仕事そのものであった。仕事の魅力とか仕事への情熱とかいう楽しい態のものではない。修史という使命の自覚には違いないとしてもさらに昂然《こうぜん》として自らを恃《じ》する自覚ではない。恐ろしく我の強い男だったが、今度のことで、己のいかにとるに足らぬものだったかをしみじみと考えさせられた。理想の抱負のと威張ってみたところで、所詮《しょせん》己は牛にふみつぶされる道傍《みちばた》の虫けらのごときものに過ぎなかったのだ。「我」はみじめに踏みつぶされたが、修史という仕事の意義は疑えなかった。このようなあさましい身となり果て自信も自持も失いつくした後、それでもなお世にながらえてこの仕事に従うということは、どう考えても楽しいわけはなかった。それはほとんど、いかにいとわしくとも最後までその関係を絶つことの許されない人間同士のような宿命的な因縁に近いものと、彼自身には感じられた。とにかくこの仕事のために自分は自らを殺すことができぬのだ（それも義務感からではなく、もっと肉体的な、この仕事との繋《つな》がりによってである）ということだけはハッキリしてきた。

当座の盲目的な獣の苦しみに代わって、より意識的な、人間の苦しみが始まった。困ったことに、自殺できないことが明らかになるにつれ、自殺によっての外に苦悩と恥辱とから逃れる道のないことがますます明らかになってきた。一個の丈夫たる太史令司馬遷は天漢三年[104]の春に死んだ、そして、その後に、彼の書き残した史をつづける者は、知覚も意識もない一つの書写機械に過ぎぬ、――自らそう思い込む以外に道はなかった。無理でも、彼はそう思おうとした。修史の仕事は必ず続けられねばならぬ。これは彼にとって絶対であった。修史の仕事のつづけられるためには、いかにたえがたくとも生きながらえねばならぬ。生きながらえるためには、どうしても、完全に身を亡きものと思い込む必要があったのである。

五月《いつつき》の後、司馬遷は再び筆を執った。喜びも興奮もない、ただ仕事の完成への意志だけに鞭《むち》打たれて、傷ついた脚を引き摺《ず》りながら目的地へ向かう旅人のように、とぼ

103　惻々　哀れみ悲しむさま。
104　天漢三年　前九八年。司馬遷が宮刑に処された年。

とぼと稿を継いでいく。[105]もはや太史令の役は免ぜられていた。いささか後悔した武帝が、しばらく後に彼を中書令に取り立てたが、官職の黜陟《ちゅっちょく》[106]のごときは、彼にとってもう何の意味もない。以前の論客司馬遷は、一切口を開かずなった。笑うことも怒ることもない。しかし、決して悄然《しょうぜん》たる姿ではなかった。むしろ、何か悪霊にでも取り憑《つ》かれているようなすさまじさを、人々は緘黙《かんもく》[107]せる彼の風貌の中に見て取った。夜眠る時間をも惜しんで彼は仕事をつづけた。一刻も早く仕事を完成し、その上で早く自殺の自由を得たいとあせっているもののように、家人らには思われた。

凄惨《せいさん》な努力を一年ばかり続けた後、ようやく、生きることの喜びを失いつくした後もなお表現することの喜びだけは生き残り得るものだということを、彼は発見した。しかし、その頃になってもまだ、彼の完全な沈黙は破られなかったし、風貌の中のすさまじさも全然和らげられはしない。稿をつづけていくうちに、宦者[108]とか閹奴《えんど》とかいう文字を書かなければならぬところに来ると、彼は覚えず呻《うめ》き声を発した。独り居室にいる時でも、夜、牀上《しょうじょう》に横になった時でも、ふとこの屈辱の思いが兆してくると、たちまちカーッと、焼き鏝《ごて》をあてられるような熱い疼《うず》くものが全身を駆けめぐる。彼は思わず飛び上がり、奇声を発し、呻きつつ四辺《あたり》を歩きまわり、さてしばらくしてから歯をくいしばって己を落ちつけようと努めるのである。

三

乱軍の中に気を失った李陵が獣脂を灯《とも》し獣糞を焚《た》いた単于の帳房[109]の中で目を覚ました時、とっさに彼は心を決めた。自ら首刎《は》ねて辱めを免れるか、それとも今一応は敵に従っておいてそのうちに機を見て脱走する——敗軍の責を償うに足る手柄を土産として——か、この二つの外に道はないのだが、李陵は、後者を選ぶことに心を決めたのである。

単于は手ずから李陵の縄を解いた。その後の待遇も丁重を極めた。且鞮侯《しょていこう》単于とて先代の呴犂湖《くりこ》単于の弟だが、骨格の逞《たくま》しい巨眼赭髯《しゃぜん》[110]の中年の偉丈夫である。数代の単于に従って漢と戦ってはきたが、まだ李陵ほどの手強《てごわ》い敵に遭ったことはないと正直

105 中書令　宮中の文書や詔勅をつかさどる官。106 黜陟　功の有無により、官位を上げ下げすること。107 緘黙　口を閉ざすこと。108 宦者とか閹奴とか　ともに、宦官《かんがん》のこと。109 帳房　とばりで仕切った部屋。天幕。110 赭髯　赤いほおひげ。

に語り、陵の祖父李広の名を引き合いに出して陵の善戦を褒めた。虎を格殺[111]したり岩に矢を立てたりした飛将軍李広の[112]驍名《ぎょうめい》は今もなお胡地にまで語り伝えられている。陵が厚遇を受けるのは、彼が強き者の子孫でありまた彼自身も強かったからである。食を分ける時も強壮者が美味をとり老弱者に余り物を与えるのが匈奴の風であった。ここでは、強き者が辱められることは決してない。降将李陵は一つの[113]穹廬《きゅうろ》と数十人の侍者とを与えられ賓客《ひんきゃく》の礼をもって遇せられた。

李陵にとって奇異な生活が始まった。家は[114]絨帳《じゅうちょう》穹廬、食物は[115]羶肉《せんにく》、飲み物は[116]酪漿《らくしょう》と獣乳と乳醋酒《にゅうさくしゅ》。着物は狼や羊や熊の皮を綴《つづ》り合わせた[117]旃裘《せんきゅう》。牧畜と狩猟と寇掠《こうりゃく》と、この外に彼らの生活はない。一望際涯のない高原にも、しかし、河や湖や山々による境界があって、単于直轄地の外は左賢王・右賢王・左《さ》谷蠡《ろくり》王《おう》・右谷蠡王以下の諸王侯の領地に分けられており、牧民の移住はおのおのその境界の中に限られているのである。城郭もなければ田畑もない国。村落はあっても、それが季節に従い水草を追って土地を変える。

李陵には土地は与えられない。単于麾下《きか》の諸将とともにいつも単于に従っていた。隙があったら単于の首でも、と李陵は狙っていたが、容易に機会が来ない。たとえ、単于を討ち果たしたとしても、その首を持って脱出することは、非常な機会に恵まれない限り、まず不可能であった。胡地にあって単于と刺し違えたのでは、匈奴は己らの不名誉を有耶無耶《うやむや》のうちに葬ってしまうこと必定ゆえ、おそらく漢に聞こえることはあるまい。李陵は辛抱強く、その不可能とも思われる機会の到来を待った。

単于の幕下には、李陵の外にも漢の降人が幾人かいた。その中の一人、衛律《えいりつ》という男は軍人ではなかったが、丁霊王の位を貰《もら》って最も重く単于に用いられている。その父は胡人だが、故あって衛律は漢の都で生まれ成長した。武帝に仕えていたのだが、先年協律都尉[118]李延年の[119]事に座するのを恐れて、逃げて匈奴に帰したのである。血が血だけに胡風になじむことも速く、相当の才物でもあり、常に且鞮侯単于の[120]帷幄《いあく》に参じてすべての画策に与《あず》かっていた。李陵はこの衛律を始め、漢人の降って匈奴の中にあるものと、ほとんど口を聞かなかった。彼の頭の中にある計画について事を共にすべ

111 **格殺**　武器を使わず、素手で殺すこと。 112 **驍名**　武勇の評判。 113 **穹廬**　遊牧民の住居で、ドーム型の天幕。 114 **絨帳**　厚い毛織りのとばり。 115 **羶肉**　羊の生肉。 116 **酪漿**　牛・羊などの乳。 117 **旃裘**　獣毛を用いた衣服。 118 **李延年**　武帝に仕えた楽人。妹は、武帝の寵姫《ちょうひ》李夫人。兄弟に将軍・李広利がいる。李夫人の死後、李延年への寵愛も衰え、武帝は李延年や兄弟・宗族を誅殺した。 119 **事に座する**　一味として処罰されること。 120 **帷幄**　本営。司令官のいる場所。

き人物がいないと思われたのである。そういえば、他の漢人同士の間でもまた、互いに妙に気まずいものを感じるらしく、相互に親しく交わることがないようであった。

一度単于は李陵を呼んで軍略上の示教を乞うたことがある。それは東胡[121]に対しての戦《いくさ》だったので、陵は快く己が意見を述べた。次に単于が同じような相談を持ちかけた時、それは漢軍に対する策戦についてであった。李陵はハッキリと嫌な表情をしたまま口を開こうとしなかった。単于も強いて返答を求めようとしなかった。それから大分久しくたった頃、代・上郡を寇掠《こうりゃく》する軍隊の一将として南行することを求められた。この時は、漢に対する戦には出られないむねを言ってキッパリ断った。爾後《じご》、単于は陵に再びこうした要求をしなくなった。待遇は依然として変わらない。他に利用する目的はなく、ただ士を遇するために士を遇しているのだとしか思われない。とにかくこの単于は男だと李陵は感じた。

単于の長子・左賢王が妙に李陵に好意を示し始めた。好意というより尊敬といったほうが近い。二十歳を越したばかりの、粗野ではあるが勇気のある真面目《まじめ》な青年である。強き者への賛美が、実に純粋で強烈なのだ。初め李陵のところへ来て騎射を教えてくれという。騎射といっても騎のほうは陵に劣らぬほど巧《うま》い。ことに、裸馬を駆る技術に至っては遥《はる》かに陵を凌《しの》いでいるので、李陵はただ射だけを教えることにした。左賢王は、熱心な弟子となった。陵の祖父李広の射における入神の技などを語る時、蕃族《ばんぞく》[122]の青年は眸《ひとみ》をかがやかせて熱心に聞き入るのである。よく二人して狩猟に出かけた。ほんの僅《わず》かの供回りを連れただけで二人は縦横に広野を疾駆しては狐《きつね》や狼や羚羊《かもしか》や鵰《わし》や雉子《きじ》などを射た。ある時など夕暮れ近くなって矢も尽きかけた二人が——二人の馬は供の者を遥かに駆け抜いていたので——一群の狼に囲まれたことがある。馬に鞭うち全速力で狼群の中を駆け抜けて逃れたが、その時、李陵の馬の尻に飛びかかった一匹を、後に駆けていた青年左賢王が彎刀《わんとう》[123]をもって見事に胴斬りにした。後で調べると二人の馬は狼どもに脚を嚙《か》み裂かれて血だらけになっていた。そういう一日の後、夜、天幕の中で今日の獲物を羹《あつもの》[124]の中にぶちこんでフウフウ吹きながら啜《すす》る時、李陵は火影に顔を火照らせた若い蕃王の息子に、ふと友情のようなものをさえ感じることがあった。

121 **東胡** 春秋・戦国時代から秦代に、内モンゴル東部から満州西部に住んでいた遊牧民族。 122 **蕃族** 野蛮な民族。異民族に対する蔑称。 123 **彎刀** 弓なりに曲がった刀。
124 **羹** 熱い吸い物。

彎刀

天漢三年の秋に匈奴がまたもや雁門《がんもん》を犯した。これに報いるとて、翌四年、漢は弐《じ》師《し》将軍李広利に騎六万歩七万の大軍を授けて朔方を出《い》でしめ、歩卒一万を率いた強弩都尉[125]路博徳にこれを助けしめた。従いて因杅《いんう》将軍公孫敖《こうそんごう》[126]は騎一万歩三万をもって雁門を、游撃将軍韓説《かんえつ》[127]は歩三万をもって五原を、それぞれ進発する。近来にない大北伐《だいほくばつ》である。単于はこの報に接するや、ただちに婦女・老幼、畜群・資財の類をことごとく余吾《しょご》水《すい》(ケルレン河)北方の地に移し、自ら十万の精騎を率いて李広利・路博徳の軍を水南の大草原に迎え撃った。連戦十余日。漢軍はついに退くのやむなきに至った。李陵に師事する若き左賢王は、別に一隊を率いて東方に向かい因杅将軍を迎えて散々にこれを破った。漢軍の左翼たる韓説の軍もまた得るところなくして兵を引いた。北征は完全な失敗である。李陵は例によって漢との戦には陣頭に現れず、水北に退いていたが、左賢王の戦績をひそかに気遣っている己を発見して愕然《がくぜん》とした。もちろん、全体としては漢軍の成功と匈奴の敗戦とを望んでいたには違いないが、どうやら左賢王だけは何か負けさせたくないと感じていたらしい。李陵はこれに気がついて激しく己を責めた。

その左賢王に打ち破られた公孫敖が都に帰り、士卒を多く失って功がなかったとの廉《かど》で牢《ろう》に繋がれた時、妙な弁解をした。敵の捕虜が、匈奴軍の強いのは、漢から降った李将軍が常々兵を練り軍略を授けてもって漢軍に備えさせているからだと言ったというのである。だからといって自軍が負けたことの弁解にはならないから、もちろん、因杅将軍の罪は許されなかったが、これを聞いた武帝が、李陵に対して激怒したことは言うまでもない。一度許されて家に戻っていた陵の一族は再び獄に収められ、今度は、陵の老母から妻、子、弟に至るまでことごとく殺された。軽薄なる世人の常とて、当時隴西《ろうせい》（李陵の家は隴西の出である）の士大夫ら皆李家を出したことを恥としたと記されている。

この知らせが李陵の耳に入ったのは半年ほど後のこと、辺境から拉致《らち》された一漢卒の口からである。それを聞いた時、李陵は立ち上がってその男の胸倉をつかみ、荒々しくゆすぶりながら、事の真偽を今一度たしかめた。たしかに間違いのないことを知

125 **路博徳**　前漢の武将。前一一九年、霍去病《かくきょへい》に従い匈奴遠征に参加、軍功を上げたことがあった。将軍としてのこの匈奴遠征は晩年のこと。126 **公孫敖**　たびたび匈奴遠征に加わり、武帝の時代に将軍となった。127 **韓説**　？—前九一年。

ると、彼は歯をくい縛り、思わず力を両手にこめた。男は身をもがいて、苦悶《くもん》の呻《うめ》きを洩《も》らした。陵の手が無意識のうちにその咽喉《のど》を扼《やく》していたのである。陵が手を離すと、男はバッタリ地に倒れた。その姿に目もやらず、陵は帳房の外へ飛び出した。

目茶苦茶に彼は野を歩いた。激しい憤りが頭の中で渦を巻いた。老母や幼児のことを考えると心は焼けるようであったが、涙は一滴も出ない。あまりに強い怒りは涙を枯渇させてしまうのであろう。

今度の場合には限らぬ。今まで我が一家はそもそも漢から、どのような扱いを受けてきたか？　彼は祖父の李広の最期を思った。（陵の父、当戸は、彼が生まれる数カ月前に死んだ。陵はいわゆる、[128]遺腹の子である。だから、少年時代までの彼を教育し鍛え上げたのは、有名なこの祖父であった。）名将李広は数次の北征に大功を樹《た》てながら、君側の姦佞《かんねい》に妨げられて何一つ恩賞にあずからなかった。部下の諸将が次々に爵位封侯を得ていくのに、廉潔な将軍だけは封侯はおろか、終始変わらぬ清貧に甘んじなければならなかった。最後に彼は大将軍衛青と衝突した。さすがに衛青にはこの老将をいたわる気持ちはあったのだが、その幕下の一軍吏が虎の威を借りて李広を辱めた。憤激した老名将はすぐにその場で——陣営の中で自ら首刎《は》ねたのである。祖父の死を聞いて声をあげてないた少年の日の自分を、陵はいまだにハッキリ覚えている。

……

陵の叔父、（李広の次男）李敢の最期はどうか。彼は父将軍の惨めな死について衛青を怨《うら》み、自ら大将軍の屋敷に赴いてこれを辱めた。大将軍の甥《おい》に当たる嫖騎《ひょうき》将軍霍去病《かくきょへい》がそれを憤って、甘泉宮の猟の時に李敢を射殺した。武帝はそれを知りながら、嫖騎将軍をかばわんがために、李敢は鹿の角に触れて死んだと発表させたのだ。

……

司馬遷の場合と違って、李陵のほうは簡単であった。憤怒がすべてであった。（無理でも、もう少し早くかねての計画——単于の首でも持って胡地を脱するという——を実行すればよかったという悔いを除いては。）ただそれをいかにして現すかが問題であるに過ぎない。彼はさっきの男の言葉「胡地にあって李将軍が兵を教え漢に備えていると聞いて陛下が激怒され云々《うんぬん》」を思い出した。ようやく思い当たったのである。もちろん彼自身にはそんな覚えはないが、同じ漢の降将に李緒《りしょ》という者がある。もと、

128 **遺腹の子**　父の死後に生まれた子供。忘れ形見。

塞外都尉として奚侯城《けいこうじょう》を守っていた男だが、これが匈奴に降ってから常に胡軍に軍略を授け兵を練っている。現に半年前の軍にも、単于に従って、（問題の公孫敖の軍とではないが）漢軍と戦っている。これだと李陵は思った。同じ李将軍で李緒と間違えられたに違いないのである。

その晩彼は単身李緒の帳幕へと赴いた。一言も言わぬ、一言も言わせぬ。ただの一刺しで李緒は斃《たお》れた。

翌朝李陵は単于の前に出て事情を打ち明けた。心配は要らぬと単于は言う。だが母の大閼氏《だいえんし》が少々うるさいから——というのは、相当の老齢でありながら、単于の母は李緒と醜関係があったらしい。単于はそれを承知していたのである。匈奴の風習によれば、父が死ぬと、長子たる者が、亡父の妻妾のすべてをそのまま引きついで己が妻妾とするのだが、さすがに生母だけはこの中に入らない。生みの母に対する尊敬だけは極端に男尊女卑の彼らでももっているのである——今しばらく北方へ隠れていてもらいたい、ほとぼりがさめた頃に迎えを遣《や》るから、と付け加えた。その言葉に従って、李陵は一時従者どもをつれ、西北の兜銜山《とうかんざん》（額林達《オリンタ》班《バン》嶺）の麓に身を避けた。

間もなく問題の大閼氏が病死し、単于の庭《てい》に呼び戻された時、李陵は人間が変わったように見えた。というのは、今まで漢に対する軍略にだけは絶対に与《あず》からなかった彼が、自ら進んでその相談に乗ろうと言い出したからである。単于はこの変化を見て大いに喜んだ。彼は陵を右校王に任じ、己が娘の一人をめあわせた。娘を妻にという話は以前にもあったのだが、今まで断りつづけてきた。それを今度は躊躇《ちゆうちよ》なく妻としたのである。ちょうど酒泉張掖《ちようえき》の辺を寇掠すべく南に出ていく一軍があり、陵は自ら請うてその軍に従った。しかし、西南へと取った進路がたまたま浚稽山の麓を過《よぎ》った時、さすがに陵の心は曇った。かつてこの地で己に従って死戦した部下どものことを考え、彼らの骨が埋《うず》められ彼らの血の染み込んだその砂の上を歩きながら、今の己が身の上を思うと、彼はもはや南行して漢兵と闘う勇気を失った。病と称して彼は独り北方へ馬を返した。

翌、太始《たいし》元年[129]、且鞮侯単于が死んで、陵と親しかった左賢王が後を継いだ。狐鹿姑《ころくこ》単于というのがこれである。

129　太始元年　前九六年。

匈奴の右校王たる李陵の心はいまだにハッキリしない。母妻子を族滅された恨みは骨髄に徹しているものの、自ら兵を率いて漢と戦うことができないのは、先頃の経験で明らかである。再び漢の地を踏むまいとは誓ったが、この匈奴の俗[130]に化して終生安んじていられるかどうかは、新単于への友情をもってしても、まださすがに自信がない。考えることの嫌いな彼は、イライラしてくると、いつも独り駿馬《しゅんめ》を駆って広野に飛び出す。秋天一碧《いっぺき》の下、[131]嘎々《かつかつ》と蹄《ひづめ》の音を響かせて草原となく丘陵となく狂気のように馬を駆けさせる。何十里かぶっとばした後、馬も人もようやく疲れてくると、高原の中の小川を求めてその滸《ほとり》に下り、馬に飲《みず》かう。それから己は草の上に仰向けにねころんで、快い疲労感にウットリと見上げる[132]碧落《へきらく》の潔さ、高さ、広さ。ああ我もと天地間の一微粒子のみ、何ぞまた漢と胡とあらんやとふとそんな気のすることもある。一しきり休むとまた馬に跨《また》がり、がむしゃらに駆け出す。終日乗り疲れ黄雲[133]が落暉《らつき》に曛《くん》ずる頃になってようやく彼は幕営に戻る。疲労だけが彼のただ一つの救いなのである。

司馬遷が陵のために弁じて罪を獲たことを伝える者があった。李陵は別にありがたいとも気の毒だとも思わなかった。司馬遷とは互いに顔は知っているし挨拶をしたことはあっても、特に交わりを結んだというほどの間柄ではなかった。むしろ、いやに議論ばかりしてうるさいやつだくらいにしか感じていなかったのである。それに現在の李陵は、他人の不幸を実感するには、あまりに自分一個の苦しみと闘うのに懸命であった。余計な世話とまでは感じなかったにしても、特に済まないと感じることがなかったのは事実である。

初め一概に野卑滑稽としか映らなかった胡地の風俗が、しかし、その地の実際の風土・気候などを背景として考えてみると決して野卑でも不合理でもないことが、次第に李陵にのみこめてきた。厚い皮革製の胡服でなければ朔北の冬は凌《しの》げないし、肉食でなければ胡地の寒冷に堪えるだけの精力を貯えることができない。固定した家屋を築かないのも彼らの生活形態から来た必然で、頭から低級と貶《けな》し去るのは当たらない。漢人の風をあくまで保とうとするなら、胡地の自然の中での生活は一日といえども続けられないのである。

130 俗に化して　習俗に同化して。131 嘎々　短くてよく透る音の擬声語。132 碧落　青い空。大空。133 黄雲が落暉に曛ずる　黄金色の雲が落日に照り輝く。

かつて先代の且鞮侯単于の言った言葉を李陵は覚えている。漢の人間が二言目には、己が国を礼儀の国といい、匈奴の行をもって禽獣《きんじゅう》に近いと見做《みな》すことを難じて、単于は言った。漢人のいう礼儀とは何ぞ？　醜いことを表面だけ美しく飾り立てる虚飾の謂《いい》ではないか。利を好み人を嫉《ねた》むこと、漢人と胡人といずれか甚しき？　色に耽《ふけ》り財を貪《むさぼ》ること、またいずれか甚しき？　上べを剝《は》ぎ去れば畢竟《ひっきょう》[134]なんらの違いはないはず。ただ漢人はこれをごまかし飾ることを知り、我々はそれを知らぬだけだ、と。漢初以来の骨肉相喰《あいは》む内乱や功臣連の排斥擠陥《せいかん》[135]の跡を例に引いてこう言われた時、李陵はほとんど返す言葉に窮した。実際、武人たる彼は今までにも、煩瑣《はんさ》な礼のための礼に対して疑問を感じたことが一再ならずあったからである。たしかに、胡俗の粗野な正直さのほうが、[136]美名の影に隠れた漢人の陰険さより遥《はる》かに好ましい場合がしばしばあると思った。諸夏の俗を正しきもの、胡俗を卑しきものと頭から決めてかかるのは、あまりにも漢人的な偏見ではないかと、次第に李陵にはそんな気がしてくる。たとえば今まで人間には名の外に字《あざな》がなければならぬものと、故もなく信じきっていたが、考えてみれば字が絶対に必要だという理由はどこにもないのであった。

彼の妻はすこぶるおとなしい女だった。いまだに夫の前に出るとおずおずしてろくに口も利けない。しかし、彼らの間にできた男の子は、少しも父親を恐れないで、ヨチヨチと李陵の膝に匍《は》い上がってくる。その子の顔に見入りながら、数年前長安に残してきた——そして結局母や祖母とともに殺されてしまった——子供の俤《おもかげ》をふと思いうかべて李陵は我しらず憮然《ぶぜん》とするのであった。

陵が匈奴に降るよりも早く、ちょうどその一年前から、漢の中郎将蘇武《そぶ》[137]が胡地に引き留められていた。

元来蘇武は平和の使節として捕虜交換のために遣わされたのである。ところが、その副使某《なにがし》がたまたま匈奴の内紛に関係したために、使節団全員が捕らえられることになってしまった。単于は彼らを殺そうとはしないで、死をもって脅してこれを降らしめた。ただ蘇武一人は降服を肯《がえ》んじないばかりか、辱めを避けようと自ら剣を取って己が胸を貫いた。昏倒《こんとう》した蘇武に対する胡毉《こい》の手当てというのがすこぶる変わって

134 **畢竟** 結局。 135 **擠陥** 罪に陥れること。 136 **諸夏の俗** 中国国内の習俗。 137 **蘇武** 中国、前漢の武将。字は子卿《しけい》。前一四〇頃—前六〇年。匈奴に使節として赴き一九年間抑留されたが、節を守りとおして帰国した。

いた。地を掘って穴をつくり熅火《うんか》[138]を入れて、その上に傷者を寝かせその背中を踏んで血を出させたと漢書[139]には記されている。この荒療治のお陰で、不幸にも蘇武は半日昏絶した後にまた息を吹き返した。且鞮侯単于はすっかり彼に惚《ほ》れ込んだ。数旬の後ようやく蘇武の身体が回復すると、例の近臣衛律をやってまた熱心に降をすすめさせた。衛律は蘇武が鉄火の罵詈《ばり》に遭い、すっかり恥をかいて手を引いた。その後蘇武が窖《あなぐら》の中に幽閉された時旃毛《せんもう》[140]を雪に和して食いもって飢えを凌《しの》いだ話や、ついに北海のほとり人なきところに移されて雄羊が乳を出さば帰るを許さんと言われた話は、持節十九年の彼の名とともに、あまりにも有名だから、ここには述べない。とにかく、李陵が悶々《もんもん》の余生を胡地に埋めようとようやく決心せざるを得なくなった頃、蘇武は、すでに久しく北海（バイカル湖）のほとりで独り羊を牧していたのである。

李陵にとって蘇武は二十年来の友であった。かつて時を同じゅうして侍中《じちゅう》[141]を勤めていたこともある。片意地でさばけないところはあるにせよ、確かに稀《まれ》に見る硬骨の士であることは疑いないと陵は思っていた。天漢元年に蘇武が北へ立ってから間もなく、武の老母が病死した時も、陵は陽陵までその葬を送った。蘇武の妻が夫の再び帰る見込みなしと知って、去って他家に嫁したという噂《うわさ》を聞いたのは、陵の北征出発直前のことであった。その時、陵は友のためにその妻の浮薄をいたく憤った。しかし、計らずも自分が匈奴に降るようになってから後は、もはや蘇武に会いたいとは思わなかった。武が遥か北方に遷《うつ》されていて顔を合わせずに済むことをむしろ助かったと感じていた。ことに、己の家族が戮《りく》せられて再び漢に戻る気持ちを失ってからは、いっそうこの「漢節を持した牧羊者」との面接を避けたかった。

狐鹿姑単于が父の後を継いでから数年後、一時蘇武が生死不明との噂が伝わった。父単于がついに降服させることのできなかったこの不屈の漢使の存在を思い出した狐鹿姑単于は、蘇武の安否を確かめるとともに、もし健在ならば今一度降服を勧告するよう、李陵に頼んだ。陵が武の友人であることを聞いていたのである。やむをえず陵は北へ向かった。

姑且水《こじょすい》を北に溯《さかのぼ》り郅居水《しつきょすい》との合流点からさらに西北に森林地帯を突っ切る。まだ所々に雪の残っている川岸を進むこと数日、ようやく北海の碧《あお》い水が森と野との向こ

138 **熅火**　炭火。139 **漢書**　後漢の章帝の時に班固《はんこ》、班昭《はんしょう》らによって編纂された、前漢のことを記した歴史書。二十四史の一つ。140 **旃毛**　毛織物の毛。141 **侍中**　天子の左右に侍し、諮問《しもん》に応ずる官。

うに見え出した頃、この地方の住民たる丁霊族の案内人は李陵の一行を一軒の哀れな丸木小屋へと導いた。小屋の住人が珍しい人声に驚かされて、弓矢を手に表へ出てきた。頭から毛皮を被《かぶ》った鬚《ひげ》ぼうぼうの熊のような山男の顔の中に、李陵がかつての移《い》中厩監《ちゅうきゅうかん》[142]蘇子卿の俤を見出《みいだ》してからも、先方がこの胡服の大官を前《さき》の騎都尉[143]李少卿と認めるまでにはなおしばらくの時間が必要であった。蘇武のほうでは陵が匈奴に仕えていることも全然聞いていなかったのである。

感動が、陵の内にあって今まで武との会見を避けさせていたものを一瞬圧倒し去った。二人とも初めほとんどものが言えなかった。

陵の供回りどもの穹廬がいくつか、あたりに組み立てられ、無人の境が急に賑《にぎ》やかになった。用意してきた酒食が早速小屋に運び入れられ、夜は珍しい歓笑の声が森の鳥獣を驚かせた。滞在は数日に亘《わた》った。

己が胡服を纏うに至った事情を話すことは、さすがに辛かった。しかし、李陵は少しも弁解の調子を交えずに事実だけを語った。蘇武がさり気なく語るその数年間の生活はまったく惨憺《さんたん》たるものであったらしい。何年か以前に匈奴の於軒王《おけんおう》が猟をするとてたまたまここを過ぎ蘇武に同情して、三年つづけて衣服食料などを給してくれたが、その於軒王の死後は、凍《い》てついた大地から野鼠《のねずみ》を掘り出して、飢えを凌がなければならない始末だと言う。彼の生死不明の噂は彼の養っていた畜群が剽盗[144]どものために一匹残らずさらわれてしまったことの訛伝《かでん》[145]らしい。陵は蘇武の母の死んだことだけは告げたが、妻が子を捨てて他家へ行ったことはさすがに言えなかった。

　この男は何を目あてに生きているのかと李陵は怪しんだ。いまだに漢に帰れる日を待ち望んでいるのだろうか。蘇武の口うらから察すれば、今さらそんな期待は少しももっていないようである。それでは何のためにこうした惨憺たる日々をたえ忍んでいるのか？　単于に降服を申し出れば重く用いられることは請け合いだが、それをする蘇武でないことは初めから分かりきっている。李陵の怪しむのは、なぜ早く自ら生命を絶たないのかという意味であった。李陵自身が希望のない生活を自らの手で断ち切り得ないのは、いつの間にかこの地に根を下ろしてしまった数々の恩愛や義理のためであり、また今さら死んでも格別漢のために義を立てることにもならないからである。

142 **蘇子卿**　「子卿」は蘇武の字。　143 **李少卿**　「少卿」は李陵の字。　144 **剽盗**　盗賊。　145 **訛伝**　まちがった言い伝え。誤伝。

蘇武の場合は違う。彼にはこの地での係累もない。漢朝に対する忠信という点から考えるなら、いつまでも節旄《せつぼう》[146]を持して広野に飢えるのと、ただちに節旄を焼いて後自ら首刎ねるのとの間に、別に差異はなさそうに思われる。はじめ捕らえられた時、いきなり自分の胸を刺した蘇武に、今となって急に死を恐れる心が兆したとは考えられない。李陵は、若い頃の蘇武の片意地を——滑稽なくらい強情な痩せ我慢を思い出した。単于は栄華を餌に極度の困窮の中から蘇武を釣ろうと試みる、餌につられるのはもとより、苦難に堪え得ずして自ら殺すこともまた、単于に（あるいはそれによって象徴される運命に）負けることになる。蘇武はそう考えているのではなかろうか。運命と意地の張り合いをしているような蘇武の姿が、しかし、李陵には滑稽や笑止には見えなかった。想像を絶した困苦・欠乏・酷寒・孤独を、（しかもこれから死に至るまでの長い間を）平然と笑殺していかせるものが、意地だとすれば、この意地こそはまことに凄《すさ》まじくも壮大なものと言わねばならぬ。昔の多少は大人気なくも見えた蘇武の痩せ我慢が、かかる大我慢にまで成長しているのを見て李陵は驚嘆した。しかもこの男は自分の行いが漢にまで知られることを予期していない。自分が再び漢に迎えられることはもとより、自分がかかる無人の地で困苦と戦いつつあることを漢はおろか匈奴の単于にさえ伝えてくれる人間の出てくることをも期待していなかった。誰にもみとられずに独り死んでいくに違いないその最後の日に、自ら顧みて最後まで運命を笑殺し得たことに満足して死んでいこうというのだ。誰一人己が事跡を知ってくれなくとも差し支えないというのである。李陵は、かつて先代単于の首を狙いながら、その目的を果たすとも、自分がそれをもって匈土の地を脱走し得なければ、せっかくの行為が空しく、漢にまで聞こえないであろうことを恐れて、ついに決行の機を見出し得なかった。人に知られざることを憂えぬ蘇武を前にして、彼はひそかに冷や汗の出る思いであった。

最初の感動が過ぎ、二日三日とたつうちに、李陵の中にやはり一種のこだわりができてくるのをどうすることもできなかった。何を語るにつけても、己の過去と蘇武のそれとの対比がいちいちひっかかってくる。蘇武は義人、自分は売国奴と、それほどハッキリ考えはしないけれども、森と野と水との沈黙によって多年の間鍛え上げられ

146 節旄　天子がその使者に下賜する印の旗。

た蘇武の厳しさの前には己の行為に対する唯一の弁明であった今までのわが苦悩のごときは一溜《ひとた》まりもなく圧倒されるのを感じないわけにいかない。それに、気のせいか、日日《ひにち》が立つにつれ、蘇武の己に対する態度の中に、何か富者が貧者に対する時のような――己の優越を知った上で相手に寛大であろうとする者の態度を感じ始めた。どことハッキリはいえないが、どうかした拍子にひょいとそういうものの感じられることがある。[147]繿縷《らんる》をまとうた蘇武の目の中に、時として浮ぶかすかな憐愍《れんびん》の色を、豪奢《ごうしゃ》な[148]貂裘《ちょうきゅう》をまとうた右校王李陵は何よりも恐れた。

十日ばかり滞在した後、李陵は旧友に別れて、悄然《しょうぜん》と南へ去った。食糧衣服の類いは充分に森の丸太小屋に残してきた。

李陵は単于からの依嘱《いしょく》たる降服勧告についてはとうとう口を切らなかった。蘇武の答えは問うまでもなく明らかであるものを、何も今さらそんな勧告によって蘇武をも自分をも辱めるには当たらないと思ったからである。

南に帰ってからも、蘇武の存在は一日も彼の頭から去らなかった。離れて考える時、蘇武の姿はかえっていっそうきびしく彼の前に聳《そび》えているように思われる。

李陵自身、匈奴への降服という己の行為を善しとしている訳ではないが、自分の故国につくした跡と、それに対して故国の己に報いたところとを考えるなら、いかに無情な批判者といえども、なお、その「やむをえなかった」ことを認めるだろうとは信じていた。ところが、ここに一人の男があって、いかに「やむをえない」と思われる事情を前にしても、断じて、自らにそれは「やむをえぬのだ」という考え方を許そうとしないのである。

飢餓も寒苦も孤独の苦しみも、祖国の冷淡も、己の苦節がついに何人《なんぴと》にも知られないだろうというほとんど確定的な事実も、この男にとって、平生の節義を改めなければならぬほどのやむをえぬ事情ではないのだ。

蘇武の存在は彼にとって、崇高な訓戒でもあり、いらだたしい悪夢でもあった。時々彼は人を遣わして蘇武の安否を問わせ、食品、牛羊、絨氈《じゅうせん》を贈った。蘇武を見たい気持ちと避けたい気持ちとが彼の中で常に闘っていた。

数年後、今一度李陵は北海のほとりの丸木小屋を訪ねた。その時途中で雲中の北方

147 **襤褸**　つぎはぎだらけの衣服。ぼろ。148 **貂裘**　テンの毛皮の衣。

を守る衛兵らに会い、彼らの口から、近頃漢の辺境では太守《たいしゅ》以下吏民が皆白服をつけていることを聞いた。人民がことごとく服を白くしているとあれば天子の喪に相違ない。李陵は武帝の崩じたのを知った。北海の滸《ほとり》に至ってこのことを告げた時、蘇武は南に向かって号哭《ごうこく》した。慟哭《どうこく》数日、ついに血を吐くに至った。その有様を見ながら、李陵は次第に暗く沈んだ気持ちになっていった。彼はもちろん蘇武の慟哭の真摯さを疑うものではない。その純粋な烈《はげ》しい悲嘆には心を動かされずにはいられない。だが、自分には今一滴の涙も浮かんでこないのである。蘇武は、李陵のように一族を戮せられることこそなかったが、それでも彼の兄は天子の行列に際してちょっとした交通事故を起こしたために、また、彼の弟はある犯罪者を捕らえ得なかったことのために、共に責を負うて自殺させられている。どう考えても漢朝から厚遇されていたとは称し難いのである。それを知っての上で、今目の前に蘇武の純粋な痛哭を見ているうちに、以前にはただ蘇武の強烈な意地とのみ見えたものの底に、実は、譬《たと》えようもなく清冽《せいれつ》な純粋な漢の国土への愛情（それは、義とか節とかいう外から押しつけられたものではなく、抑えようとして抑えられぬ、こんこんと常に湧き出る最も親身な自然な愛情）が湛《たた》えられていることを、李陵は初めて発見した。

李陵は己と友とを隔てる根本的なものにぶつかっていやでも己自身に対する暗い懐疑に追いやられざるをえないのである。

蘇武のところから南へ帰ってくると、ちょうど、漢からの使者が到着したところであった。武帝の死と昭帝の即位とを報じてかたがた当分の友好関係を――常に一年とは続いたことのない友好関係だったが――結ぶための平和の使節である。その使いとしてやってきたのが、図らずも李陵の故人《とも》・隴西の任立政《じんりつせい》ら三人であった。

その年の二月武帝が崩じて、わずか八歳の太子弗陵《ふつりょう》[149]が位を継ぐや、遺詔《いしょう》によって侍中奉車都尉霍光《かくこう》[150]が大司馬[151]大将軍として政《まつりごと》を輔《たす》けることになった。霍光は元、李陵と親しかったし、左将軍となった上官桀《じょうかんけつ》[152]もまた陵の故人であった。この二人の間に陵を呼び返そうとの相談が出来上がったのである。今度の使いにわざわざ陵の昔の友人が選ばれたのはそのためであった。

149 **弗陵** 武帝の末子。前漢の第八代皇帝・昭帝。在位、前八七―前七四年。 150 **霍光** 前漢の政治家。字は子孟《しもう》。?―前六八年。昭帝・宣帝の二代を補佐し、政治を取り仕切った。 151 **大司馬** 軍事を統括する長官。 152 **上官桀** 前漢の将軍。字は少叔《しょうしゅく》。?―前八〇年。

単于の前で使者の表向きの用が済むと、盛んな酒宴が張られる。いつもは衛律がそうした場合の接待役を引き受けるのだが、今度は李陵の友が来た場合とて彼も引っ張り出されて宴につらなった。任立政は陵を見たが、匈奴の大官連の並んでいる前で、漢に帰れとは言えない。席を隔てて李陵を見ては目配せをし、しばしば己の刀環を撫《な》でて暗にその意を伝えようとした。陵はそれを見た。先方の伝えんとするところもほぼ察した。しかし、いかなる仕草をもって応えるべきかを知らない。

公式の宴が終わった後で、李陵・衛律らばかりが残って牛酒と博戯《ばくぎ》[153]とをもって漢使をもてなした。その時任立政が陵に向かって言う。漢では今や大赦令《たいしゃれい》が降り万民は太平の仁政を楽しんでいる。新帝はいまだ幼少のこととて君が故旧たる霍子《かくし》孟《もう》・上官少叔が主上を輔けて天下の事を用いることとなったと。立政は、衛律をもって完全に胡人になり切ったものと見做して——事実それに違いなかったが——その前では明らさまに陵に説くのを憚《はばか》った。ただ霍光と上官桀との名を挙げて陵の心を引こうとしたのである。陵は黙して答えない。しばらく立政を熟視してから、己が髪を撫でた。その髪も椎結《ついけい》[154]とてすでに中国の風ではない。ややあって衛律が服を更《か》えるために座を退いた。初めて隔てのない調子で立政が陵の字《あざな》を呼んだ。少卿よ、多年の苦しみはいかばかりだったか。霍子孟と上官少叔からよろしくとのことであったと。その二人の安否を問い返す陵のよそよそしい言葉におっかぶせるようにして立政が再び言った。少卿よ、帰ってくれ。富貴などは言うに足りぬではないか。どうか何もいわずに帰ってくれ。蘇武のところから戻ったばかりのこととて李陵も友の切なる言葉に心が動かぬではない。しかし、考えてみるまでもなく、それはもはやどうにもならぬことであった。「帰るのは易い。だが、また辱めを見るだけのことではないか？ いかん？」言葉半ばにして衛律が座に帰ってきた。二人は口を噤《つぐ》んだ。

会が散じて別れ去る時、任立政はさり気なく陵の傍らに寄ると、低声で、ついに帰るに意なきやを今一度尋ねた。陵は頭を横にふった。丈夫再び辱めらるるあたわずと答えた。その言葉がひどく元気のなかったのは、衛律に聞こえることを恐れたためではない。

後五年、昭帝の始元六年[155]の夏、このまま人に知られず北方に窮死すると思われた蘇

153 博戯 すごろくに似た遊戯。154 椎結 槌のような形を作って、後頭部に結う髪型。155 始元六年 前八一年。

武が偶然にも漢に帰れることになった。漢の天子が上林苑《じょうりんえん》[156]中で得た雁の足に蘇武の帛《はく》[157]書《しょ》がついていた云々《うんぬん》というあの有名な話は、もちろん、蘇武の死を主張する単于を説破するための出《で》鱈目《たらめ》である。十九年前蘇武に従って胡地に来た常恵《じょうけい》という者が漢使に遭って蘇武の生存を知らせ、この嘘《うそ》をもって武を救い出すように教えたのであった。早速北海の上に使いが飛び、蘇武は単于の庭《てい》につれ出された。李陵の心はさすがに動揺した。再び漢に戻れようと戻れまいと蘇武の偉大さに変わりはなく、したがって陵の心の笞《しもと》たるに変わりはないに違いないが、しかし、天はやはり見ていたのだという考えが李陵をいたく打った。見ていないようでいて、やっぱり天は見ている。彼は粛然として恐れた。今でも己の過去を決して非なりとは思わないけれども、なおここに蘇武という男があって、無理ではなかったはずの己の過去をも恥ずかしく思わせることを堂々とやってのけ、しかも、その跡が今や天下に顕彰されることになったという事実は、何としても李陵にはこたえた。胸をかきむしられるような女々しい己の気持ちが羨望《せんぼう》ではないかと、李陵は極度に恐れた。

別れに臨んで李陵は友のために宴を張った。いいたいことは山ほどあった。しかし結局それは、胡に降った時の己の志が那《な》辺《へん》にあったかということ。その志を行う前に故国の一族が戮せられて、もはや帰るに由なくなった事情とに尽きる。それを言えば愚痴になってしまう。彼は一言もそれについてはいわなかった。ただ、宴酣《たけなわ》にして堪えかねて立ち上がり、舞いかつ歌うた。

径《ゆきテ》万《ばん》里《りヲ》兮度《わたリ》沙《さ》幕《ばくヲ》　為《なリテ》君《ノ》将《ト》兮奮《ふるフ》匈奴《ニ》
路《みち》窮《きはまリテ》絶《エ》兮矢刃摧《くだケ》　士衆滅《ほろビテ》兮名已《すでニ》隤《おツ》
老母已《ニ》死《シ》　雖《いへどモ》欲《スト》報《イント》恩《ヲ》　将《まさニ》安《いづクニカ》帰《ラン》

歌っているうちに、声が震え涙が頬を伝わった。女々しいぞと自ら叱りながら、どうしようもなかった。

蘇武は十九年ぶりで祖国に帰っていった。

司馬遷はその後も孜々《しし》[158]として書き続けた。

156 **上林苑** 長安近郊にあった皇室の大御苑。 157 **帛書** 絹布に書いた手紙。 158 **孜々** ひたすらに努めるさま。

この世に生きることをやめた彼は書中の人物としてのみ生きていた。現実の生活では再び開かれることのなくなった彼の口が、[159]魯仲連《ろちゅうれん》の舌端を借りて初めて烈々と火を吐くのである。あるいは[160]伍子胥《ごししょ》となって己が目を抉《えぐ》らしめ、あるいは[161]藺相如《りんしょうじょ》となって秦《しん》王を叱し、あるいは[162]太子丹《たん》となって泣いて荊軻《けいか》を送った。楚の[163]屈原《くつげん》の憂憤を叙して、その正に汨羅《べきら》に身を投ぜんとして作るところの懐沙之賦《かいさのふ》を長々と引用した時、司馬遷にはその賦がどうしても己自身の作品のごとき気がして仕方がなかった。

稿を起こしてから十四年、腐刑の禍に遭ってから八年。都では[164]巫蠱《ふこ》の獄が起こり戻《れい》太子《たいし》の悲劇が行われていた頃、父子相伝のこの著述が大体最初の構想通りの通史が一通り出来上がった。これに増補改刪推敲《かいさんすいこう》を加えているうちにまた数年が過ぎた。史記百三十巻、五十二万六千五百字が完成したのは、すでに武帝の崩御に近い頃であった。

列伝第七十太史公自序の最後の筆を擱《お》いた時、司馬遷は[165]几《き》に凭《よ》ったまま惘然《ぼうぜん》とした。深い溜《た》め息が腹の底から出た。目は庭前の[166]槐樹《かいじゅ》の茂みに向かってしばらくはいたが、実は何ものをも見ていなかった。うつろな耳で、それでも彼は庭のどこからか聞こえてくる一匹の蟬《せみ》の声に耳をすましているように見えた。喜びがあるはずなのに気の抜けた漠然とした寂しさ、不安の方が先に来た。

完成した著作を官に納め、父の墓前にその報告をするまではそれでもまだ気が張っていたが、それらが終わると急に酷《ひど》い虚脱の状態が来た。憑依《ひょうい》の去った巫者《ふしゃ》のように、身も心もぐったりとくずおれ、まだ六十を出たばかりの彼が急に十年も年をとったように耄《ふ》けた。武帝の崩御も昭帝の即位もかつてのさきの太史令司馬遷の脱け殻にとってはもはや何の意味ももたないように見えた。

前に述べた任立政らが胡地に李陵を訪ねて、再び都に戻ってきた頃は、司馬遷はす

159 **魯仲連** 戦国時代の斉の人。雄弁家として知られた。160 **伍子胥** 春秋時代の楚・呉の政治家、軍人。?―前四八四年。楚で壮絶な前半生を送ったのちに呉の側近として仕え、大国にまで押し上げた。激情の人といわれ、最後は主君と対立し自殺に追い込まれた。161 **藺相如** 戦国時代の趙の相。秦王が趙王の宝玉と自国の十五城との交換を申し入れた時、藺相如は宝玉をもって使いに立った。秦王が代償を渡すつもりがないのを見てとるや、秦王を大いに叱して、宝玉を無事趙へ持ち帰ったという。162 **太子丹** 戦国時代の燕王の太子。?―前二二六年。秦の人質から逃げ帰り、報復に秦王暗殺を計画。荊軻《けいか》（?―前二二七年）を刺客として差しむけたが失敗に終わり、逆に燕は滅ぼされた。163 **屈原** 戦国時代の楚の忠臣、詩人。前三四三―前二七八年。懐王・頃襄《けいじょう》王に仕え信任を得ていたが、讒言《ざんげん》によって王に疎んぜられ追放された。洞庭《どうてい》湖のほとりをさまよった後、「懐沙之賦」をつくり、汨羅江に身を投げて死んだ。164 **巫蠱の獄** 前九一年、武帝の子戻《れい》太子と、敵対する検察官・江充の権力争いに端を発した事件。武帝の病を太子による「巫蠱（呪殺）」であるとした江充の陰謀が、多数の大逆罪の死者を生み出した。太子は江充を捕らえて斬ったが、逆に反逆者とされ自殺した。165 **几** 肘掛け。脇息《きょうそく》。166 **槐樹** マメ科の落葉高木。エンジュ。

でにこの世になかった。

蘇武と別れた後の李陵については、何一つ正確な記録は残されていない。元平元年[167]に胡地で死んだということの外は。

すでに早く、彼と親しかった狐鹿姑単于は死に、その子壺衍鞮《こえんてい》単于の代となっていたが、その即位にからんで左賢王、右谷蠡王の内紛があり、閼氏《えんし》や衛律らと対抗して李陵も心ならずもその紛争にまきこまれたろうことは想像に難くない。

漢書の匈奴伝には、その後、李陵の胡地で儲《もう》けた子が烏籍《うせき》都尉《とい》を立てて単于とし、呼韓邪《こかんや》単于に対抗してついに失敗したむねが記されている。宣帝の五鳳《ごほう》二年[168]のことだから、李陵が死んでからちょうど十八年目にあたる。李陵の子とあるだけで、名前は記されていない。

167 元平元年　前七四年。168 五鳳二年　前五六年。

解説

作者について——中島敦

中村良衛

中島敦の生年は明治四二年。同年生まれの作家には、大岡昇平《おおおかしょうへい》、太宰治《だざいおさむ》、松本清張《まつもとせいちょう》、中里《なかざと》恒子《つねこ》、埴谷《はにや》雄《ゆ》高《たか》などがいる。雑誌「スバル」が創刊され、二葉《ふたば》亭《てい》四《し》迷《めい》が客死し、伊藤博文《いとうひろぶみ》が暗殺された年であり、この翌年には大逆事件が起きている。彼らは少年期を大正デモクラシーの自由な空気の中で過ごし、十代後半の多感な時期を、昭和という時代の訪れとともに過ごした。二十代には軍靴の響きが徐々に大きくなっていき、三十二歳の年に太平洋戦争が勃発する。先に名を挙げた作家たちは自死した太宰を除き長命を誇ったが、唯一中島敦は、日米開戦から一年後の昭和一七年一二月四日にその生を終えた。享年三十三。作家としてようやく評価され始めた矢先のことであった。

その中島が現在、誰しもが名を知る作家となっているのは、何よりも教科書の力であろう。小説教材として、昭和二五年『新国語　文学三年下』（二葉株式会社）に『山月記』が採られたのを皮切りに、『弟子』『名人伝』などの作品が、途切れることなく高校国語教科書に採録された。中でも『山月記』は、芥川の『羅生門』、漱石の『こころ』、鷗外の『舞姫』と並ぶいわゆる定番教材の一つである。もちろんだからと言って彼が鷗外漱石芥川と並称される作家だというわけでは必ずしもない。その可能性はあった。が、それを開花させる時間を、彼は与えられなかった。

中島敦が生まれたのは五月五日、東京市四谷区簞笥町五九番地（現新宿区三栄町）にあった母の実家においてである。両親にとって第一子である。父田人は銚子中学校の漢文教師、母チヨも小学校の教員をしていた。父方の祖父は漢学者の中島撫山《ぶざん》。久喜で私塾「幸魂教舎」を開いていた。田人は五男であり、その兄には端蔵（端・斗南《となん》先生）や竦之助《しようのすけ》（竦）などの漢学者がいた。漢学と縁の深い一家と言っていい。

敦がまだ嬰児のうちに両親は事実上離婚し（届出は五歳の時）、一旦母の元に預けられたが、二歳以降は父の実家で祖母きくや伯母ふみに育てられる。以後、第一高等学校に入学する（大正一五年）まで、父に振り回された感がある。まず家庭。大正三年、チヨと正式に離婚した田人は同年に紺家カツと再婚、しかしそのカツは大正一二年に没し、翌年、飯尾コウと結婚する。敦は十五歳で、この二人目の義母とは折り合いが悪かったという。

次に学校。奈良県郡山尋常小学校に入学したが、その後、浜松を経て朝鮮の京城龍山公立尋常小学校に転校して卒業を迎えた。転校はすべて父の転勤による。そのまま朝鮮京城府公立京城中学に入学し、四年で卒業するが、その間、父は関東庁立大連第二中学に移ったので、実家も満州に移った。あたかも「帝国日本」の拡張をたどるかのような移動であった。

子どもにとって家庭と学校がその社会の大半を占める。それが安定を欠いていたとき、その影響は小さくないはずだ。自伝的要素を多分に含む『過去帳』(『狼疾《ろうしつ》』『かめれおん日記』)では「存在の不確かさ」あるいは普通にあることへの疑義が繰り返し語られているが、そうした生育歴とこれは無縁ではないだろう。「それが今ある如くあらねばならぬ理由が何処にあるか? もっと遥かに違ったものであっていい筈だ」(『狼疾記』)。こうした疑問は深まれば深まるほど、ある一点を軽視させてしまいかねない。今、ここにこうしてあるという現実の価値や意義を受け止めること。

中島敦を語るにしばしば「狼疾」が言われる。『孟子』により、指一本を惜しむ余り肩や背を失うのに気づかないことを言う。敦の場合、さまざまな疑問や思考という「指」に囚われ、今ここにこうしてあることの価値や意義という「肩」や「背」を見失いがちだったのではないか。そう、他と己を引き比べ、珠だ瓦だといっているうちに、己の持っている才能を磨ききれなかった『山月記』の李徴のように。

経歴に戻る。大正一五年四月、日本に戻って第一高等学校文科甲類に入学、寮生活を送る。翌年夏、大連に帰省中に肋膜炎を患い、そのまま一年休学を余儀なくされた。昭和三年に復学、この前後から「校友会雑誌」に習作を発表し始める。また宿痾《しゅくあ》となった喘息の発作が見られるようになったのもこの頃である。昭和五年四月に東京帝国大学文学部国文科に入学、しばらくダンスや麻雀に熱中していた。翌年、その麻雀が、麻雀荘で働く橋本タカと出会わせた。ほどなくして結婚を決意するに至るが、父の反対や、タカに結婚を約した相手がいたことなど、いくつかの困難を乗り越えねばならなかった。

昭和八年三月に大学を卒業し（卒論は『耽美派の研究』）、四月に横浜高等女学校の教諭となって、国語と英語を担当する。同月二八日、タカが長男桓《たけし》を愛知県の実家で出産したが、妻子の入籍はその後で、一二月のこと。ついでに言うなら、妻子との同居はさらに遅く、横浜市中区の借家に居を構えた昭和一〇年七月のことである。この間、『プウルの傍で』や『斗南先生』の第一稿が脱稿したようであり、また未完に終わった『北方行』も書き始められたと考えられるから、そうした執筆活動に集中したいとの思いゆえだろうが、あるいはその生育歴から、家庭人としての自分がうまくイメージできなかったという事情もあったかもしれない。

昭和一一年暮れ、『かめれおん日記』『狼疾記』を起稿。翌昭和一二年一月には長女正子が生まれるがすぐに死亡。短歌を集中的に創作したり（昭和一二年）、漢詩集を編んだり（昭和一三年）などして、昭和一四年、中島は三十歳を迎えた。この年から小説執筆が徐々に本格化してくる。『悟浄歎異』を脱稿、昭和一五年には、『宝島』で知られるロバート・スティーヴンスンのサモア島での日々を描いた『ツシタラの死』（「ツシタラ」は島の言葉で「語り手」の意）の執筆に着手し、また『山月記』を含む『古譚』が脱稿したようである。私生活では一月に次男格《のぼる》が生まれたが、健康面で喘息が悪化していったので、教員を辞めて転地療養を考え始めるようになった。

昭和一六年六月初旬、横浜高女を辞め（その代わりを父田人が務めた）、釘本久春《くぎもとひさはる》の斡旋で、南洋庁内務部地方課国語編集書記としてパラオに単身で赴任した。南洋行きに際し、深《ふか》田久弥《だきゅうや》に『ツシタラの死』及び『古譚』四篇を預けて、発表を依頼した。中島が就いたのは、植民地政策の一環として、現地人に日本語教育を施すための教科書編集という仕事であり、南洋諸島の小学校、公学校の視察なども精力的にこなしていたが、そもそもの目的であった転地療養のための環境としてはおよそふさわしくなく、むしろ体への負担が増すばかりであった。

中島はその不安を紛らわすかのように家族、友人、教え子に毎日のように手紙を書いていた。この年一二月五日、太平洋戦争勃発。翌昭和一七年三月、出張のため帰国したが、肺炎に罹ったため、そのまま東京にとどまり、八月、職を辞した。この年二月には『古譚』として『山月記』『文字禍』が「文学界」に、また五月には「ツシタラの死」を改題、短縮した『光と風と夢』が再び「文学界」に掲げられた。この作品は上半期の芥川賞の候補となる（この時は受賞作なし）。六月には『悟浄出世』『弟子』を脱稿、七月に第一創作集『光と風と夢』が、一一月には第二創作集『南島譚』がそれぞれ上梓され、一二月には『名人伝』が「文庫」に発表された。

文名上がり、いよいよ作家としての生活に入ったが、激しい執筆活動が弱っていた体に追い打ちをかけた如くであり、一一月中旬、喘息の悪化のため入院、そのまま恢復《かいふく》することなく、一二月四日に死去した。翌年の二月に『弟子』が「中央公論」に、また七月に『李陵』が「文学界」に、それぞれ遺作として発表された。

漢学に親しむ環境に育ち、中国古典に材を採った『山月記』によって知られているだけに、この系統の作品（『名人伝』『李陵』『弟子』など）の印象が強いが（「とっても難しい中国の話を書いて、若くして亡くなった、眼鏡をかけた人」群ようこ）、『わが西遊記』としてまとめられた『悟浄歎異』『悟浄出世』は、初期の私小説風作品『かめれおん日記』『狼疾記』などとともに思想小説と呼ぶべきであり、『光と風と夢』や自らの南洋生活に材を得た『環礁』などの南島物、また『山月記』以外の『古譚』（『狐憑』『木乃伊』『文字禍』）という奇譚、さらに未完に終わった現代物の長編である『北方行』など、その生み出す世界は多様であった。

しかも彼は「帝国日本」の拡張をその肌で知る経歴の持ち主でもあった。自らの「狼疾」と向き合いながら深められていく思索がその経歴と結びついた時、さらにどのような世界が展開したのか。それは、「帝国日本」が暴走していく中でどのような存在たりえたのか。思いは尽きない。「中島氏の肉体はほろびてしまった。氏の精神が誰かに生き残るといふのか？　生き残る筈はない。後は影響とか模倣とかいふ中島氏とは無縁のことしかない。……氏の肉体の破壊とともに氏の精神は中空で停止した……生き続けてゐる僕は、今までの軌跡と覚しき青白い残像を仰ぎ、将来引かれるべきであつた線の軌跡を想像してみる。そして、今更、氏の夭折をいたむのである」（渡邊一夫）。

だがいくら嘆いても仕方がない。中島敦自身は、「狼疾」ゆえに、自らの作品を「どこか（非常に微妙な点において）欠けるところがある」ものと思っていたかもしれない。だがそれはその「格調高雅、意趣卓逸」たるをいささかも減じはしない。多いとはいえない作品たちの、豊かさと可能性を、我々は丹念に読み味わえばよいのである。

中島敦の文学

臼井吉見

中島敦の全集が出たので、この機会に、彼の作品をいくつか読んだのだが、びっくりした。こんなすぐれた天稟の作家であろうとは、つい知らずにいたのが恥ずかしかったが、敬愛する作家を新しくひとり見つけだしたよろこびは一層大きい。

実のところ、「光と風と夢」と「李陵」を一読したほかは、この作家についてなにも知るところはなかった。関心がなかったといっていい。かつて芥川賞の候補になったという「光と風と夢」は、この作家の代表作のように聞いていたが、前に一読したときと同じように、いま読みかえしてみても、それほどいい作品とは思わないし、格別の感想はなかった。「李陵」は、二年ほど前に読んだことがあり、かなり感心したが、今度読みかえして、実に感銘が深かった。全集第一巻には、「李陵」以下十三篇が収録されているが、ひとつびとついい。とりわけ、「李陵」「山月記」「悟浄歎異」「幸福」がよく、更にこのなかからぬくとすれば、「李陵」と「山月記」である。強いてひとつだけ残さねばならぬなら、「山月記」であろう。

だが、「山月記」と「李陵」をふたつとも残したいというのが僕の考えである。このふたつの作品はむろん性質がちがっている。十三篇のうち、「李陵」の仲間にはいるのは「弟子」で、ほかの十一篇は、みんな「山月記」と同じかたまりとみていいだろう。深い森かなんぞの高い梢の上にからまって、人の知らないところで、小さいが純粋鮮冽な美しい色をのぞかせている、この二輪の花みたいな「李陵」と「山月記」を書き残しただけでも、中島敦は、真に文学を愛する少数のひとの心のなかに生きつづけるにちがいない。

中島敦の作品をいくつかよんで、すぐれた作品だけがもっている、文学の純粋な味わいにたんのうした。こんなことは、日本の近代文学に関するかぎり、滅多にないことだ。こういうものを読んでしまうと、月々の雑誌にのっている夥しい数の小説が、どんなにかつまらなく、ばかばかしく感じられることか。何とか育てようとでも思わぬかぎり、このごろの雑誌小説などについて、批評する気などおこるものではない。読者の無垢な鑑賞力をすりへらすことだけに役立つような小説ばかりが月々の雑誌を埋めている。だが、僕が中島敦の小説にひかれたのは、そういう外部的事情によるのでは決してない。

「李陵」を読むものは、おそらく誰しも鷗外を思いうかべるにちがいない。おおまかでいて、そのくせ緊密な構成、骨格のある明晰な文体、作品が一種の重量感のなかに結晶しているあたり、直ちに鷗外の歴史小説への親近性を語っている。だが、もっと鷗外的といえるのは、作品の世界がアポロニッシュで、観照的な点であろう。「歴史其儘と歴史離れ」のなかで、鷗外は、歴史の自然をできるだけアポロニッシュに、観照的に見ようとしたことを書いている。「李陵」もまさしくそういうところから生れている。作者は多分鷗外の作品に親しんでいたのではないかと思われるし、同時に、この作品が素材を仰いでいるらしい漢書そのものが、僕は何も知らないのだが、おそらくアポロニッシュで、観照的なのではないかという気がする。「李陵」の性格が、以上のようなところからもきているであろうとは、僕のあて推量である。ともかく鷗外の歴史小説と、かなりの親近性をもっていることはうたがいない。しかし、作品の内的な世界にたち入れば、まるでちがうのではないかと思う。歴史其儘であろうと、歴史離れであろうと、鷗外の歴史小説が、人間力信頼の上に成立していることは、改めていうことはあるまい。「護持院ヶ原の敵討」にせよ、「高瀬舟」にせよ、「山椒太夫」にせよ、その点において異るところはない。「阿部一族」のごとき、一念を貫ぬこうがためには、相次いで滅びゆくことさえ辞しなかった人たちの強烈な意地が語られている。「寒山拾得」についていうなら、袖を搔き合せて恭しく、「朝儀太夫、使持節、台州の主簿、上柱国、賜緋魚袋、閭丘胤と申すものでございます」と名告った閭丘胤と、このように名告られて二人で顔を見合せ、腹の底からこみ上げてくるような笑声を出して逃げ出した寒山、拾得とが対比されているのだが、このときの鷗外の制作意識をさぐってみれば、彼自身のなかに俗吏閭丘胤を見ていたのでは決してなく、むしろ、当時官を退こうとしていた彼自身を寒山拾得に擬していたことは、「寒山拾得縁起」のなかで、「実はパパアも文殊なのだが、誰もまだ拝みに来ないのだよ」と子供に語ったという言葉をかきつけていることによっても明瞭である。おどろくべき自己信頼、自己肯定である。

「李陵」の中島敦は、こういう鷗外とはまるきりちがっている。鷗外がアポロニッシュで、観照的であろうと努力したといっても、それは自力を恃み、自信に溢れた鷗外の資質からいって、むしろそうなるのが自然だともいえるような、そういう性質のアポロニッシュであり、観照的であろう。中島敦はまるでちがう。全集第二巻の「斗南先生」や「かめれおん日記」や「狼疾記」など、いわば彼の私小説を読めば、彼がいかに自分自身のなかにあるものを憎み、もてあまし、うち消そうと苦しんだか、自分の精神的特徴の一つ一つにむかって、どのように意地の悪い批判の眼を向けていたかは明瞭である。「実際、近頃の自分の生き方、みじめさ情なさ。うじうじと、内攻し、くすぶり、我と我が身を噛み、いじけ果て、それで猶うすつぺらな犬儒主義《シニシズム》だけは残してゐる。こんな筈ではなかつたのだが、一体、どうして、又、何時頃からこんな風になつて了つたのだらう。兎に角、気が付いた時には、既にこんなへんなものになつて了つてゐたのだ。いい、悪い、ではない。強ひて云へば困るのである。ともかくも、自分は周囲の健康な人々と同じでない。勿論、矜恃を以ていふのではない。その反対だ。不安と焦燥とを以ていふのである。」(「かめれおん日記」)

彼の自己嫌悪は、自分の性質、能力などに関してだけではない。存在としての自己に対する嫌悪につながっているのだ。

「会《え》体《たい》の知れない不快と不安とを以て、人間の自由意志の働き得る範囲の狭さ（或いは無さ）を思はない訳には行かない。俺達は、俺達の意志でない或る何か訳の分らぬもののために生れて来る。俺達は其の同じ不可知なもののために死んで行く。げんに俺達は、毎晩、或る何ものかのために、俺達の意志を超越した睡眠といふ不可思議極まる状態に陥る。……」

「直接に、私といふ個人を形成してゐる私の胃、私の腸、私の肺を、はつきりと其の色、潤ひ、触感を以て、その働いてゐる姿のままに考へて見た。……すると私といふ人間の肉体を組立ててゐる各部分に注意が行き亘るにつれて、次第に、私といふ人間の所在が判らなくなつて来た。私は一体何処にある？」

こういう始末にこまる自己嫌悪ほど、鷗外に無縁なものはない。いうまでもないことだが、このような自己嫌悪こそ、真に人間存在の意味を問い、純粋に根源的に生きようとすることと表裏一体のものだ。ところで、「斗南先生」は、自伝的な作品であるが、漢学者であった伯父について語っている。昔風の漢学者気質と、狂熱的な国士気質との混淆した精神のもちぬしであり、奇矯な言動と偏屈な性向と無垢の真情とで、もっとも純粋に生きぬいた旧時代の最後の人であった。むろん、はたの眼には滑稽としかうつらなかった。この伯父のなかに、中島敦の分身である青年三造は、彼自身と相似のものを見出し、自分の老いたときの姿を目の前にみせつけられるような不安と嫌悪を感じている。つまり中島敦は、この東洋的国士型の伯父などが夢にも思ったことのないような、自己存在に根ざす始末にこまる自己嫌悪に嚙まれながら、しかも滑稽な時代おくれの伯父のごとく、純粋に、自由に生きようと苦悩した精神であった。中島敦自身がもてあましたむしろデモーニッシュな精神が、冷静に計量し、造型したところに生れたのが、「李陵」にほかならない。だから「李陵」におけるアポロニッシュな観照と、骨格のある文体と、緊密な構成を支えているものは、鷗外のように、そのままで冷徹でありえた自力的自己信頼の精神とは、まったくうらはらの、傷ついた、孤独の精神なのである。したがって、作品の内的世界は、鷗外の歴史小説のそれとは、明瞭に異質的である。

「李陵」は、自然と虚飾、真実と虚偽、純粋と妥協との混淆を通じ、人間的な弱さと強さをつぶさに嘗めねばならなかった李陵を中心として、困苦・欠乏・孤独のなかに、おのれの運命と意地の張合いをしているような蘇武と、生きることの歓びを失いつくした後も、表現することの歓びだけは生き残りうるものだということを体験した司馬遷と、この三人の人物が、それぞれの運命と戦ったすがたを描いている。描くというよりは彫りあげているといったほうがいい。事実この作品はいわゆる描写を意識的にけずり去っている。とりわけ、心理描写は可能なかぎり避けている。絵画的になることを警戒し、むしろ彫塑的であろうとしている。

このところは、歴史小説における鷗外の方法とまったく一致している。この作品の結晶度と気品の高さはむろんそこからも来ているように思う。しかし、一層重大なのは、以上のように、自己の運命と戦う三人の像を全身的に彫りあげることのできたのは、ひとえにみずから傷つくことによって、自身の精神の一部と化した孤独と愛情の深さによって可能であったということだ。

「外に向って展かれた器関を凡て閉ぢ、まるで掘上げられた冬の球根類のやうにならうとした。それに触れると、どのやうな外からの愛情も、途端に冷たい氷滴となつて凍りつくやうな石とならうと私は思つた。

我はもや石とならんず石となりてつめたき海を沈み行かばや
氷雨降り狐火燃えん冬の夜にわれ石となる黒き小石に
眼瞑《めと》づれば氷の上を風が吹くわれ石となりて転《まろ》びて行くを
腐れたる魚のまなこは光なし石となる日を待ちて吾がゐる
たまきはるいのち寂しく見つめけりつめたき星の上に独りゐて」（「かめれおん日記」）

どのような外からの愛情も、途端に冷たい氷滴となって凍りつくような石となろうと決意させたほどの孤独が、かえって自身のなかに、はげしい愛情を燃えたたせてきたのである。

「金魚鉢の中の金魚。自分の位置を知り、自己及び自己の世界の下らなさ、狭さを知悉してゐる絶望的な金魚。絶望しながらも自己及び自己の世界を愛せずにはゐられない金魚。」(「かめれおん日記」)

中島敦は、むろん大作家ではなく、「李陵」もまた大作品とはいえないが、この一篇に関するかぎり、鷗外の歴史小説に求めえない近代性を結晶せしめている所以である。

自分自身がもてあました自己否定の精神が、逆に「李陵」のアポロニッシュな観照的世界を造型しえた消息は右のようであるが、「山月記」は、そのようなおのれの精神をそのまま作品に結晶せしめたものということができる。詩人になりそこなって虎になった哀れな男は、中島敦自身の精神がそのままかたちどったものにほかならぬ。別のいいかたをすれば、彼はおのれの精神に実証主義の刃をつきつけ、これをはっきりしたかたちとして観察しようがために、おのれの精神をそのまま客観化したのである。「山月記」がそれである。これでこそはじめて芸術的創造と呼びうるのではないか。

「かめれおん日記」や「斗南先生」や「狼疾記」は、いわば私小説である。かなり上等の私小説である。しかし、僕は中島敦のこれらを私小説とは呼ぶまい。こういうものしか書かなかった作家なら、私小説という一種の小説として扱うのが礼儀であろう。だが、若くして去ったにしても、「李陵」「山月記」以下十数篇の珠玉のごとき作品を残した彼に向っては、これらは彼の生活記録として見るべきではなかろうか。「李陵」「山月記」は小説である。「悟浄歎異」「幸福」は小説である。「名人伝」「文字禍」は小説である。日本の近代小説として第一流の小説である。だが、いや、だから「かめれおん日記」は生活記録である。「斗南先生」「狼疾記」は生活記録である。日本には生活記録を小説と思いこんでいる小説家が何と大勢いることだろう。

「考へて見れば、元々世界に対して甘い考へ方をしてゐた人間でなければ、厭世観を抱くわけもないし、自惚やか、自己を甘やかしてゐる人間でなければ、さう何時も〈自己への省察〉〈自己苛責〉を繰返す訳がない。だから、俺みたいに常にこの悪癖に耽るものは、大甘々の自惚やの見本なのだらう。実際それに違ひない。全く、私、私、と、どれだけ私が、えらいんだ。そんなに、しよつちう私のことを考へてゐるなんて。」（「かめれおん日記」）

しょっちゅう私を考えていたからこそ、「李陵」や「山月記」を創造したのだ。ちっとも私を考えないのが私小説であることは明瞭であろう。

中島敦と鷗外の比較はすでにいったが、ひとは彼の作品にむしろ芥川龍之介を連想するかもしれない。とりわけ「山月記」系統のものにそれを感ずるだろうと思う。繊細な潔癖感の徹った、小さいが美しく結晶している点など、芥川龍之介との親近性は著しい。鷗外と龍之介との間に、一種の親近性の存することを思えば当然でもある。だが、中島敦の作品は、芥川龍之介ともひどくちがった世界を示している。たとえば、「護持院ヶ原の敵討」において、鷗外は懐疑的で行動を失った利平と対立させて、一念を徹しぬく九郎右衛門、りよ、をかいているのは明瞭だが、仮にこれが龍之介だったら、九郎右衛門、りよ、との対照において利平をかいたにちがいない。更に「寒山拾得」についていうなら、芥川龍之介だったら、やはり鷗外とは逆に、あらゆる人間のなかに閭丘胤を見出し、寒山拾得を閭丘胤のレヴェルまでひきおろしたにちがいない。人間心理の方向から、いわばそういう仕事を実行したのが芥川龍之介の文学の意味であったことについては多くをいう要はあるまい。けっきょく、彼の文学は一種の解釈であった。中島敦が傷ついた誇り高いおのれの精神そのものを作品化したのとはちがっているのである。芥川龍之介は「歯車」や「或る阿呆の一生」においても、ついに自己の精神を作品化するまでには至らなかった。

（『展望』一九四八年十二月）

「山月記」から始めてみよう

蓼沼正美

この文庫を手にしている方の多くは、高校二年生の国語の授業で「山月記」を読んだ経験があり、それをいま読み直してみることで、あの「臆病な自尊心」と「尊大な羞恥心」とに苦悩し、「飢え凍えようとする妻子のことよりも、己の乏しい詩業のほうを気にかけて」しまった結果「こんな獣」、つまり虎に「身を堕と」してしまった詩人李徴の悲劇を、改めて思い出しているのではないでしょうか。またそういう経験がない方でも、おそらくは同じように読まれたのではないかと思います。

確かに李徴はそのように自らのことを語っており、またそうした「主人公の心情」に即した読みは、「山月記」の場合に限らず、国語の授業の中で当たり前のように繰り返されてもきたので、ある意味当然のことだとも言えます。

しかしそのような読みが成立するためには、李徴の告白が、自らの過去を対象化するのにふさわしい自己分析として語られていたのかどうかについて、検討されなければならないはずです。ところがこれまでの「山月記」の授業や研究においては、それについては全く注意が払われてはきませんでした。夜が明ければ人間としての言葉も思考も失って、全てが虎になってしまうという男が、旧友に向かって自分の過去と現在の心情を物語るという極めて特異な状況にあるのだから、そこで語られる言葉は何よりも真実であるという先入観に支配されているからなのでしょう。しかし李徴の告白が、他ならぬ彼自身の言葉によって表現されていく以上、やはり〈言葉を発した者〉と〈発せられた言葉〉との関係を考えてみる必要があります。そしてそれは私たちが、「山月記」を離れてあらゆる言語表現を理解しようとする時にも、忘れてはならない視点でもあります。

袁傪から「どうして今の身となるに至ったか」を尋ねられた李徴は、虎となった「一年ほど前」の出来事を語った後で、次のように答えます。

なぜこんなことになったのだろう。分からぬ。まったく何事も我々には分からぬ。理由も分からずに押しつけられたものをおとなしく受け取って、理由も分からずに生きていくのが、我々生きもののさだめだ。

李徴の運命観という程度に受け止められてきた表現ですが、重要なのはこの認識に内包されているそれぞれの時差《タイム・ラグ》です。「なぜこんなことになったのだろう。分からぬ」というのは、明らかに李徴が虎となった直後に抱いた疑問であり答えです。しかしそれが「分からぬ」ものである以上答えとはならず、その自問自答は何度も彼の中で繰り返されていくことになります。その間李徴は、「一日のうちに必ず数時間は、人間の心が還ってくる。そういう時には、かつての日と同じく、人語も操れれば、複雑な思考にも堪え得るし、経書の章句をそらんずることもでき」たのですが、それでも彼は「なぜ」と「分からぬ」を繰り返すしかなかった。結果「まったく何事も我々には分からぬ」と、李徴個人の問題を越えて、普遍的な問題として捉えてみることになります。そしてそれはどこかの時点で、「理由も分からずに押しつけられたものをおとなしく受け取って、理由も分からずに生きていくのが、我々生きもののさだめだ」というように、半ば運命論的な認識に至ることになるのですが、それが答えでないことは李徴自身よく分かっています。しかしどんなに「人語」を操り、どんなに「複雑な思考」を繰り返してみたところで、何一つ答えが分からないとしたら、結局はそういうふうにして納得する以外なかったのでしょう。そしてそれだけが、虎となって一年経ったいまでもなお、袁傪（と自分）からの「どうして」（と「なぜ」）に対する答えだったのです。

ところが私たちは、その答えに含まれているそうしたプロセスには注目せず、大抵は李徴が虎になった理由を、彼の性格（＝「臆病な自尊心」と「尊大な羞恥心」）や人間性（＝「飢え凍えようとする妻子のことよりも、己の乏しい詩業のほうを気にかけているような男」）に求めてきました。なるほど李徴はこの後で、「なぜこんな運命になったか分からぬと、先刻は言ったが、しかし、考えようによれば、思い当たることが全然ないでもない」と言って、「俺はしだいに世と離れ、……己の内なる臆病な自尊心を飼いふとらせ」（傍点・蓼沼、以下同じ）てしまったと語り、「この尊大な羞恥心が猛獣だった。虎だったのだ」と語ります。また一方で、袁傪との別れ際に残してきた妻子の行く末を頼んだ後で、「飢え凍えようとする妻子のことよりも、己の乏しい詩業のほうを気にかけているような男だから、こんな獣に身を堕とすのだ」とも語ります。ですからそれをそのまま読むなら、李徴の性格や人間性こそが彼を虎にさせたということになるのでしょう。

しかし李徴自身も「先刻」まで分からなかったと言っていることが、どうしていまここで、急に「思い当たる」ことになるのでしょうか。もちろん私たちは長いこと考えてみても分からなかったことが、他者とのコミュニケーションを通して、突然分かってくるということがあります。ここで言えば、袁傪に話をするうちに突然思い当たったということです。しかしそれが言えるためには、李徴が「なぜこんな運命になったか分からぬ」と言った「先刻」から、「考えようによれば、思い当たることが全然ないでもない」と気がついたこれまで、彼が袁傪に向かって何をどのように話をしてきたか、言い換えれば〈言葉を発した者〉である李徴と、〈発せられた言葉〉である彼の語りとの関係を、その「先刻」にまで戻って捉え直してみなければなりません。

袁傪に対し虎となった答えを語った李徴は、続けて自分が「虎としての己の残虐な行いのあとを見、己の運命を振り返る時」の「最も情けなく、恐ろしく、憤ろしい」ことや、自分の中の「人間の心がすっかり消えて」いくことの「恐ろしく、哀しく、切な」い思いを激しく吐露します。そしてその後で、「ところで、そうだ。俺がすっかり人間でなくなってしまう前に、一つ頼んでおきたいことがある」と言って、自分の作った詩の「伝録」を依頼することになります。

人間であった時の李徴は、「若くして名を虎榜に連ね」たものの、「下吏となって長く膝を俗悪な大官の前に屈するよりは、詩家としての名を死後百年に遺そうと」、約束された立身出世への道を自ら退官《リタイア》し「詩作にふけ」ります。しかし「文名は容易に揚がらず、生活は日を追うて苦しく」なっていき、とうとう「貧窮に堪えず、妻子の衣食のために」、そして「己の詩業に半ば絶望したため」に、「ついに節を屈して」しまうことになります。そういう当時の李徴の状況は、作品の冒頭で語り手によって紹介されていて、それがここでは、「なにも、これによって一人前の詩人面をしたいのではない。作の巧拙は知らず」という李徴の言葉に反映されています。

ではなぜ李徴は、そうであるにもかかわらず自分の詩を、「一部なりとも後代に伝えないでは、死んでも死にきれないのだ」とまで言って、その「伝録」にこだわるのでしょうか。

李徴は自分の詩について、「とにかく、産を破り心を狂わせてまで自分が生涯それに執着したところのもの」だと語ります。「産を破り心を狂わせて」とは、直接的には彼の経済的破綻と「汝水のほとり」の宿で「発狂した」ことを指してはいますが、その延長線上にある虎への変身を含んでいることは明らかです。つまり李徴は、自分の詩は「産を破り心を狂わせ」、挙げ句の果てにこうして虎になるまで「生涯それに執着し」て書かれたものだからこそ、それを「一部なりとも後代に伝えないでは、死んでも死にきれない」と言っているのです。それは李徴が、自分は詩に「執着」するあまり虎になってしまったのだ、と図らずも虎になった理由を語ってしまっていることにもなります。しかしもし本当に李徴がそう考えていたのならば、「先刻」袁傪に対しそう答えていたはずですし、「ところで、そうだ。……」などと、ほとんど思いつきのようにして切り出すことはなかったはずです。

ではなぜ李徴は、いまここで、そのような認識を語ることになったのでしょうか。

考えてみれば李徴は、「人語も操れれば、複雑な思考にも堪え得る」とは言うものの、袁傪と出会うまでのそれは、全て内なる「人語」、内なる「思考」だったわけです。ですから袁傪に対し、虎となっていった過程や初めてうさぎを喰い殺した場面を、実にヴィヴィッドに語ってはいくのですが、実はそれまではそんなふうな「人語」で、そんなふうに「思考」したことはなかったはずです。しかしこうして自分が虎になった状況を袁傪という他者に語ることで、李徴は初めてそれを外在化する。言い換えれば、他者の立場に立って自分の語る告白の言葉を理解することになり、それによって李徴は、自分がどれだけ悲劇的な運命を背負わされてしまったかを自覚していくことになるわけです。

そしてその自覚は、次第に自分を他者から差異化していくことになります。「この気持ちは誰にも分からない。誰にも分からない。俺と同じ身の上になった者でなければ」というのも、李徴の自己閉塞的な心情の訴えというよりも、むしろこの悲劇は自分しか分からない、自分だけが分かるという他者との差異《ちがい》を意識し、そういうあり方に自己《アイデンティファイ》を同定させようとする表現だったと言えるでしょう。

　しかし李徴自身が言ったように、「理由も分からずに押しつけられたものをおとなしく受け取って、理由も分からずに生きていくのが、我々生きもののさだめだ」としたならば、実はどのような「運命」も等価なものなのであり、虎となったこともその一つでしかありません。だとすると李徴が自己《アイデンティファイ》を同定させるべきは、そういう悲劇的な自分ではなく、「いま少したてば、俺の中の人間の心は、獣としての習慣の中にすっかり埋もれて消えてしまう」かもしれないという、まさに人間として最後の言葉を語ろうとする自分に対してであり、それこそが彼の存在証明《アイデンティティ》だったはずです。それだけにいまここで李徴が、何をどのように語ったかが重要になるわけですが、李徴はそれを自覚できないまま、袁傪に語る自分の悲劇性にのみ眼を（意識を）奪われてしまっています。そのため彼の語る自己分析は、語れば語るほど自分で自分の言葉に捕らわれていき、だからと言ってそのことには全く気づくことのないまま、自己の悲劇性だけは限りなく増殖させてしまうという、まさに自己劇化のそれだったのです。

そのように李徴の語りを捉えてみると、詩に「執着」するあまり虎になってしまったのだという自己認識は、彼が虎になってからこれまでの時間の中で考えていたことではなく、袁傪への語りの中で自己劇化していく自分の言葉を相対化できないまま、逆にそこから自分の書いた詩の意味を仮構してしまった結果にほかなりません。

また、「なぜこんな運命になったか分からぬと、先刻は言ったが、しかし、考えようによれば、思い当たることが全然ないでもない」と言って自己分析をしてみせた「臆病な自尊心」と「尊大な羞恥心」も、さらには妻子のことを頼んだ後で自嘲的に語った「飢え凍えようとする妻子のことよりも、己の乏しい詩業のほうを気にかけているような男だから、こんな獣に身を堕とすのだ」という自己認識も、改めてそうした視点から捉え直してみる必要があります。

「臆病な自尊心」と「尊大な羞恥心」は、李徴自らが語ったということもあり、また「臆病な羞恥心」や「尊大な自尊心」というようなありきたりの表現ではなかったこともあって、彼が虎となった理由を考える際の重要語句《キー・ワード》とされてきました。そのため国語の教科書にあるいわゆる「学習の手引き」にも、必ずその意味を考えさせる課題が挙げられています。しかし李徴の告白を読む限り、そのように表現されるべき必然性のようなものは何一つ読み取れません。実際、国語の先生たちが参考としている「学習指導書」を見ても、李徴の自己分析を「臆病な自尊心」と「尊大な羞恥心」との字面に合わせて説明しているだけで、「臆病な羞恥心」と「尊大な自尊心」との同語反復《トートロジー》的な解答でしかありません。だとするとこれらの表現も、実は自分の語る言葉に挑発されていき、ありふれた表現では飽き足らなくなった李徴が、なぜこんな運命になったか」について「思い当たること」を、詩的な表現として組み替えただけの単なる修辞《レトリック》だったということになります。

また妻子のことを頼んだ後で、「飢え凍えようとする妻子のことよりも、……」と、自嘲的に語られた李徴の自己像も、作品の冒頭に戻ればそれが一面的なものでしかないことは明らかです。李徴が「詩家としての名を死後百年に遺そう」としながらも、その「節を屈し」たのは、「己の詩業に半ば絶望したためでも」あったのですが、「妻子の衣食のため」でもあったわけです。さらに言えば、妻子のことを依頼する際に李徴は、「彼らはいまだ虢略にいる」と言っています。李徴の行方が分からなくなってから、ほぼ一年が経っているのにもかかわらずそう断言できるのは、彼が妻子に会うために「虢略」まで行って、それを確認しているからに他なりません。国語の教科書には大抵その時代の中国の略地図が載っていて、李徴のいる「商於の地」から「虢略」までの距離を計ってみると、直線でもおよそ二〇〇キロメートルあります。虎となった李徴は、妻子に会うために一人その道を旅するわけです。もちろん妻子に会っても言葉は掛けられずそっと物陰から見るだけで、しかもまた同じ道を帰ってくる。当然のことながら、途中何度も「人食い虎」となりながら……。

李徴はそういう人物だったのでもあり、もし彼がそれに少しでも気づいていたなら、袁傪に向けての告白は、全く別のものになっていたかもしれません。しかし彼は、最後までそういう自分には気づきませんでした。「山月記」という物語が語る本当の「恐ろしさ」さは、人間が虎になってしまったことでも、「人間の心」が「古い宮殿の礎がしだいに土砂に埋没するように」して、「獣としての習慣の中にすっかり埋もれて消えてしまう」ことでもありません。人間が人間として生きられる最後の瞬間に、自己を対象化しようとする言葉を語りながらも、なお劇的にしか自分を仮構せずにはいられない。しかもそうやって自分を演出してしまうことよりも、演出された自分にしか自覚的になれない人間の愚かしさ。

まさにそれこそが、李徴の悲劇だったのです。

ちくま文庫の本シリーズに蒐められているのは、これまで国語の教科書に掲載されてきた「名作」と呼ぶのにふさわしい作品ばかりです。それらをノスタルジックな気持ちから、あるいは少し背伸びをしながら読んでみるのも、もちろん愉しいことですが、「教科書」というだけで随分と窮屈な思いをして来た「名作」たちを、もっと見晴らしのよい風景の中に置き直してあげることも、このシリーズを読む愉しみの一つだと思います。

そんな試みを、まずはこの「山月記」をきっかけに、始めてもらいたいと思います。

付録

人虎伝

李景亮　撰

隴西《ろうせい》の李徴は、皇族の子にして虢略《くわくりやく》に家す。徴少《わか》くして博学、善《よ》く文を属《しよく》す。弱冠、州府貢《こう》に従ふ。時に名士と号す。天宝《てんぱう》十五載《さい》春、尚書右丞楊元《しやうしようじようやうげん》の榜下《ばうか》に於て進士に登第す。後《のち》数年、調せられて江南尉に補す。徴性疎《そ》逸《いつ》、才を恃《たの》んで倨傲《きよがう》なり。跡を卑僚《ひれう》に屈する能《あた》はず。常に鬱鬱として楽しまず。同舎の会既に酣《たけなは》なる毎に顧みて其の群官に謂って曰はく、「生《われ》は乃《すなは》ち君等と伍を為さんや。」と。其の僚友《ともだち》咸な之《これ》に側目す。謝秩《しやちつ》に及び則ち退き帰りて間適し、人と通ぜざること歳余に近し。後衣食に迫られ乃ち東《ひがし》呉楚の間に遊び、以て郡国の長吏に干《もと》む。楚人《ひと》其の声を聞くこと固《もと》より久し。至るに及び皆館を開いて以て俟《ま》つ。宴遊歓を極めて将《まさ》に去らんとすれば、悉《ことごと》く厚く遺《おく》りて以て其の嚢橐《なうたく》を実《みた》す。徴呉楚に在り且《まさ》に歳余ならんとす。獲《う》る所の饋遺《おくりもの》甚だ多し。西虢略に帰り未だ舎《いへ》に至らず、汝墳《じよふん》の逆旅《やどや》の中に於て忽ち疾《やまひ》を被《かうむ》りて発狂し、僕者を鞭捶《むちう》つ。其の苦しみに勝《た》ず。是に於て旬余疾《やまひ》益《ますます》甚し。何《いくばく》もなく夜狂走し其の適《ゆ》く所を知らず。家《か》僮《どう》其の去《あと》を跡《たづ》ねて之を伺ふ。月を尽くして徴竟《つひ》に回《かへ》らず。是に於て僕者其の乗馬を駆《か》り其の嚢橐を挈《たずさ》へて遠く遁《のが》去る。

　明年に至りて陳郡《ちんぐん》の袁傪《ゑんさん》、監察御史を以て、詔《みことのり》を奉じて嶺南に使ひし、伝に乗りて商於《しやうお》の界《さかひ》に至り、晨《あした》に将に去らんとす。其駅吏白《まを》して曰はく、「道に虎あり、暴にして人を食ふ。故に此《ここ》に途《みち》する者は、昼にあらざれば敢て進むなし。今尚《なほ》早し。願はくは、且《しば》らく車を駐《とど》め、決して前《すす》むべからず。」と。傪怒りて曰はく、「我は天子の使ひにして後騎《ともまはり》極めて多し。山沢《さんたく》の獣《けもの》能く害を為さんや。」と。遂に駕《が》を命じて行く。去りて未だ一里を尽くさざるに果たして虎あり、草中より突《をど》りて出づ。傪驚くこと甚し。俄《にはか》に虎身《み》を草中に匿《かく》し、人声にて言つて曰はく、「異なるかな、幾《ほと》んど我が故人《こじん》を傷《きず》つけんとせり。」と。傪其の音《こゑ》を聆《き》くに李徴なるものに似たり。傪昔徴と同じく進士の第に登り、分《ぶん》極めて深し。別れて年あり、忽ち其の語を聞き既に驚き且《か》つ異《あや》しんで測《はか》るなし。遂に問ひて曰はく、「子《し》を誰とかなす。豈《あに》故人隴西子にあらずや。」と。虎呼吟《こぎん》すること数声、嗟泣《さきふ》する状《さま》の若《ごと》し。已《すで》にして傪に謂つて曰はく、「我は李徴なり。」と。傪乃ち馬より下《くだ》りて曰はく、「君何に由りて此に至れる。」且《か》つ傪始め君と場屋《ぢやうをく》を同じうすること十余年、情好歓すること甚しく、他友に愈《まさ》れり。意《おも》はざりき吾れ先づ仕路《しろ》に登らんとは、君亦《また》継いで科選に捷《か》つ。睽間言笑《けいかんげんせう》、時を歴《ふ》ること頗《すこぶ》る久し。傾風結想、渇《かつ》して飲を待つが如し。幸ひに出でて使ひするに因《よ》り此に君に遇《あ》ふを得たり。而《しか》るに乃ち自ら草中に匿るるは、豈故人嚮昔《むかし》の意ならんや。」と。虎曰はく、「吾れ已に異類《けもの》となる。使《し》君吾が形を見れば、則《すなは》ち且《まさ》に畏怖して之を悪《にく》まん。何ぞ嚮昔をこれ念《おも》ふに仮《いとま》あらんや。然りと雖《いへど》も君遽《にはか》に去るなく、少しく款曲《したしみ》を尽くすを得ば、乃ち我の幸ひなり。」と。傪曰はく、「我素《も》と兄を以て故人に事《つか》ふ。願はくは拝礼を展《の》べん。」と。乃ち再拝す。虎曰はく、「我足下と別れてより音容曠阻《くわうそ》すること且《か》つ久し。僕夫恙《つつが》なきを得たるか、官途淹留《えんりう》を致さざるか。今又何《いづく》にか適《ゆ》く。向者《さきに》君二吏《にり》あり。駆《か》りて前《すす》み、駅隷印嚢《えきれいいんなう》を挈へて以て導くを見たり。庸《なん》ぞ御史となりて出で使ひするにあらざらんや。」と。傪曰はく、「近者《ちかごろ》幸ひに御史の列に備《そな》はるを得、今使ひを嶺南に奉ず。」と。虎曰はく、「吾子《ごし》文学を以て身を立て、位《くらゐ》朝序に登る、盛んなりと謂ふべし。況《いは》んや憲台《けんだい》は清峻《せいしゆん》百揆《き》を分糾《ぶんきう》す。聖明慎んで択《えら》び、尤《もつと》も人に異《こと》なり。心に故人の此の地に居《くらゐ》るを喜ぶ。甚だ賀すべし。」と。傪曰はく、「往昔《さきに》吾れ執事と同年に名を成し、交契《かうけい》深密なること常友に異なれり。声容間阻《へだた》りて去日流るるが如し。風儀を想望して心目倶《しんもくとも》に断ゆ。意《おも》はざりき今日君が旧《むかし》を念ふの言を獲んとは。然りと雖も執事何為《す》れぞ我を見ずして自ら草木の中に匿るる。故人の分、豈是《かく》の如くなるべけんや。」と。虎曰はく、「我れ今人たらず、安《いづく》んぞ君を見るを得んや。」と。傪曰はく、「願はくは其の事を詳《つまびらか》にせん。」と。

虎曰はく、「我が前身呉楚に客《かく》たり。去歳方《まさ》に還る。道汝墳に次《やど》り忽ち疾に嬰《かか》りて発狂し、夜戸外に吾が名を呼ぶ者あるを聞く。遂に声に応じて出で、山谷《さんこく》の間を走り、覚えず左右の手を以て地を攫《つか》みて歩《ほ》す。是れより心愈《いよいよ》狠《こん》、力愈倍《ま》せるを覚ゆ。其の肱髀《ひぢもも》を視《み》るに及びては則ち毛の生ずるあり。心甚だ之を異《い》とす。已にして渓《たに》に臨みて影を照らせば已に虎と成れり。悲慟《ひどう》すること良久《やや》し。然れども尚《な》ほ生物を攫みて食らふに忍びず。既に久しく飢ゑて忍ぶべからず。遂に山中の鹿豕《ろくし》獐兎《しやうと》を取りて食に充《あ》つ。又久しくして諸獣皆遠く避けて得る所なし。飢《うゑ》益々甚し。一日婦人あり山下より過ぐ。時正《まさ》に餒《うゑ》迫る。徘徊《はいくわい》すること数四、自ら禁ずる能はず遂に取りて食らふ。殊に甘美なるを覚ゆ。今其の首飾《かんざし》猶《な》ほ巌石の下に在り。是れより冕《べん》して乗る者、徒して行く者、負ひて趨《はし》る者、翼ありて翔《か》ける者、毳《け》ありて馳《は》する者を見れば、力の及ぶ所悉く擒《とら》へて之《そ》を阻し、立ちどころに尽くす。率《おほむ》ね以て常となす。妻孥《つまこ》を念ひ朋友を思はざるにあらざれども、ただ行ひの神祇《しんぎ》に負《そむ》けるを以て、一旦化して異獣となり、人に靦《は》づるあり。故に分《ぶん》として見《まみ》えず。嗟乎《ああ》我と君とは同年に登第し、交契素《もと》より厚し。君は今日天憲《てんけん》を執り親友に耀《かがや》かす。而《しか》も我は身を林藪《りんそう》に匿し永く人寰《よのなか》を謝《さ》る。躍りて天を呼び俛《ふ》して地に泣くも、身毀《やぶ》れて用ひられず。是れ果たして命なるか。」と。因って呼吟咨嗟《しさ》し殆ど自ら勝《た》へず。遂に泣く。傪且《か》つ問ひて曰はく、「君今既に異類《けもの》となる、何ぞ尚ほ能く人言《じんげん》するや。」と。虎曰はく、「我今形《かたち》変じて心悟《さ》むるのみ。此の地に居りてより歳月の多少を知らず、ただ草木の栄枯を見るのみ。近日絶えて過客《くわかく》なく、久しく飢ゑて堪へ難し。不幸にして故人に唐突し、慙惶《ざんくわう》すること殊に甚し。」と。傪曰はく、「君久しく飢うれば某《われ》に余馬一疋《ぴき》あり、留《とど》めて以て贈《おくりもの》となさば如何《いかん》。」と。虎曰はく、「吾が故人の俊乗《のりもの》を食らふは、何ぞ吾が故人を傷つくるに異ならんや。願はくは此れを反さん。」と。傪曰はく、「食籃《しよくらん》中に羊肉数斤あり、留めて以て贈となさば可ならんか。」と。曰はく、「吾れ方《まさ》に故人と旧《むかし》を道《い》ふ。未だ食らふに暇《いとま》あらず。君去るとき則ち之を留めよ。」と。又曰はく、「我君と真《まこと》に忘形の友なり、而して我将に託する所あらんとす、可ならんか。」と。傪曰はく、「平昔《むかし》の故人なり、安んぞ不可なるあらんや。恨むらくは未だ何如《いかなる》事なるかを知らず、願はくは尽《ことごと》く之を教へよ。」と。虎曰はく、「君我に許さずんば我何ぞ敢て言はん、君既に我に許せり、豈隠すあらんや、初め我逆旅《やどや》の中に於て疾の為に発狂し、既に荒山《くわうざん》に入る。而して僕者我が乗馬衣嚢を駆り悉く逃げ去る。吾が妻孥《つまこ》尚ほ虢略に在り。豈我が化して異類《けもの》となれるを知らんや。君南より回《かへ》らば為に書を齎《もたら》して吾が妻子を訪《と》ひ、ただ云へ、我已に死せりと。今日の事を言ふなかれ。之を志《しる》せ。」と。乃ち曰はく、「吾れ人世《じんせい》に於て且つ資業なし。子あるも尚ほ稚《わか》し。固より自ら謀《はか》り難し。君の位周行《しうかう》に列《つらな》り、素《もと》より風義を秉《と》る。昔日の分、豈他人能く右《まさ》らんや。必ず望む。其の孤弱を念ひ、時に之を賑卹《しんじゆつ》し、道途に殍死《うゑじ》にせしむるなくんば、亦恩の大なるものなり。」と。言ひ已《をは》りて又悲泣す。傪も亦泣きて曰はく、「傪と足下と休戚《きうせき》同じ。然らば則ち足下の子は亦傪の子なり。当《まさ》に力《つと》めて厚命《おほせ》に副《そ》ふべし。又何ぞ其の至らざるを虞《おそ》れんや。」と。

虎曰はく、「我旧文数十篇あり。未だ代《よ》に行はれず。遺藁《ゐかう》ありと雖も当《まさ》に尽く散落すべし。君我が為に伝録せば、誠に文人の口閾《なかま》に列する能《あた》はざるも、然も亦子孫に伝ふるを貴《たつと》ぶなり。」と。傪即ち僕を呼び筆を命じ、其の口に随つて書せしむ。二十章に近し。文甚だ高く、理甚だ遠し。閲《けみ》して歎ずること再三に至る。虎曰はく、「此れ吾が平生の業なり。又安んぞ寝《や》めて伝へざるを得んや。」と。既にして又曰はく、「吾れ詩一篇を為《つく》らんと欲す。蓋《けだ》し吾が外異《そと》なりと雖も、中異《うち》なる所なきを表《へう》せんと欲す。亦以て吾が懐《こころ》を道《い》ひて吾が憤《いきどほ》りを攄《の》べんと欲するなり。」と。修復《ま》た吏に命じ筆を以て之に授けしむ。詩に曰はく、

偶《たまたま》狂疾に因《よ》つて殊類と成る。災患相仍《あひよ》つて逃るべからず。今日は爪牙《さうが》誰か敢へて敵せんや。当時は声跡共に相高かりき。我は異物と為りて蓬茅《ほうばう》の下にあれども、君は已に軺《えう》に乗りて気勢豪《がう》なり。此の夕べ渓山明月に対し、長嘯《ちやうせう》を成さずして但《た》だ嘷《かう》を成すのみ。

と。修之を覧て驚きて曰はく、「君の才行我之を知れり。而も君の此に至れるは、君平生恨むあるなきを得んや。」と。虎曰はく、「二儀の物を造る、固《もと》より親疎厚薄の間《へだて》なし。其の遇《あ》ふ所の時、遭《あ》ふ所の数《すう》の若《ごと》きは、吾れ又知らざるなり。噫顔子《ああがんし》の不幸冉有《ぜんいう》の斯《こ》の疾、尼父《ぢほ》常《かつ》て深く之を歎ぜり。若し其の自ら恨む所を反求《はんきう》せば、即ち吾れ亦之あり。定めて此に因るを知らざらんや。吾れ故人に遇ふ。則ち自ら匿す所なし。吾れ常《かつ》て之を記す。南陽の郊外に於て嘗《かつ》て一孀婦《やもめ》に私《わたくし》す。其の家窃《ひそか》に之を知り、常に我を害せんとの心あり。孀婦是《こ》れより再び合ふを得ず。吾れ因《よ》つて風に乗じて火を縦《はな》ち、一家数人尽く之を焚殺《やき》して去る。此を恨みとなすのみ。」と。虎又曰はく、「使ひして回《かへ》るの日、幸ひに道を他郡に取れ、再び此の途《みち》に遊ぶなかれ。吾れ今日尚ほ悟《さ》むるも一日に都《すべ》て酔はば則ち君此を過ぐるも、吾れ已に省《せい》せず、将に足下を歯牙の間に砕かんとす。終《つひ》に士林《しりん》の笑ひと成らん。此吾が切祝《ねがひ》なり。君前《すす》み去ること百余歩、小山《せうざん》に上り下視《みおろ》さば尽く見えん。此に将に君をして我を見せしめんとす。勇を

矜《ほこ》らんと欲するにあらず。君をして見て復《ま》た再び此を過ぎざらしめんとなり。則ち吾が故人を待つの薄からざるを知らん。」と。復《ま》た日はく、「君都に還り吾が友人妻子を見るも、慎んで今日の事を言ふなかれ。吾久しく使旆《しはい》を留め王程《わうてい》を稽滞《けいたい》せんことを恐る。願はくは子《し》と訣《わか》れん。」と。別れを叙すること甚だ久し。傪乃ち再拝して馬に上《の》り草茅《くさやぶ》の中を回視し、悲泣聞くに忍びざる所なり。傪亦大いに慟《なげ》き行くこと数里、嶺《みね》に登りて之を看《み》れば、則ち虎林中より躍り出でて咆哮《はうかう》し、巌谷《がんこく》皆震《ふる》ふ。後《のち》南中より回《かへ》る。乃ち他道を取り復《ま》た此に由らず。使ひを遣はし書及び賻贈《ふそう》の礼を持ち徴が子《こ》に訃《ふ》せしむ。月余にして徴が子虢略より京《けい》に入り、傪に詣《いた》りて先人の柩《ひつぎ》を求む。傪已《や》むを得ず具《つぶさ》に其の伝を疏《そ》し、遂に己《おの》が俸を以て均給す。徴が妻子飢凍《うゑこごえ》を免る。傪、後《のち》、官兵部侍郎《ひやうぶじらう》に至る。

（「国訳漢文大成　文学部第十二巻　晋唐小説」所収）

年譜（太字の数字は月・日）

一九〇九（明治四二）年　**5・5**東京市四谷区（現・東京都新宿区）箪笥町に、父・田人、母・千代子の長男として生まれる。中島家は江戸時代より続く儒家の家柄で、祖父・慶太郎は漢学者で撫山と号した。父・田人は東京市神田区（現・千代田区）にある私立錦城中学校勤務を経て、千葉県銚子町の銚子中学校に奉職。

一九一〇（明治四三）年　一歳　**4**父・田人、奈良県立郡山中学校に転勤し単身赴任のため、埼玉県久喜町の祖父・撫山の許に引き取られる。

一九一一（明治四四）年　二歳　**6**祖父・中島撫山死去。遺文に「演孔堂詩文」上下二巻、「性説疏義」上下二巻がある。

一九一四（大正三）年　五歳　**2**父・田人、母・千代子と離婚、紺家カツと結婚。

一九一五（大正四）年　六歳　3父の勤務先の奈良県郡山町に移る。

一九一六（大正五）年　七歳　4奈良県郡山男子尋常高等小学校に入学。

一九一八（大正七）年　九歳　5父・田人、静岡県立浜松中学校に転勤。6奈良県郡山男子尋常高等小学校の第三学年第一学期の課程を修了。7静岡県浜松尋常小学校に転入学。

一九二〇（大正九）年　一一歳　9父・田人の朝鮮竜山中学校への転勤にともない、朝鮮京城市竜山小学校第五学年第二学期に転入学。

一九二二（大正一一）年　一三歳　3竜山小学校を卒業。4朝鮮京城府公立京城中学校に入学。「校友会雑誌」に投稿。

一九二三（大正一二）年　一四歳　3妹・澄子誕生。義母・カツ死去。

一九二四（大正一三）年　一五歳　4父・田人、飯尾コウと結婚。

一九二五（大正一四）年　一六歳　3父・田人、竜山中学校を退職し、10関東庁立大連第二中学校教諭となる。

一九二六（大正一五・昭和元）年　一七歳　**1**三つ子の弟・敬、敏、妹・睦子誕生。**3**京城中学校四年修了。**4**第一高等学校文科甲類に入学。**8**弟・敬死去。**10**弟・敏死去。

一九二七（昭和二）年　一八歳　**4**寄宿舎に入る。この春、肋膜炎にかかり第一高等学校を一年間休学。夏、伊豆下田に旅行。**11**「下田の女」を「校友会雑誌」に発表。

一九二八（昭和三）年　一九歳　**4**東京市赤坂区（現・港区）青山南町の親戚宅に寄寓。**11**「ある生活」「喧嘩」を「校友会雑誌」に発表。

一九二九（昭和四）年　二〇歳　**2**文芸部委員となり、「校友会雑誌」の編集に参加。**6**「蕨・竹・老人」「巡査の居る風景」を「校友会雑誌」に発表。夏、青山の寄寓先から芝の同潤会アパートへ移る。秋、友人らと同人雑誌「しむぽしおん」を創刊（翌年、第四号で廃刊）。

一九三〇（昭和五）年　二一歳　**1**「D市七月叙景（一）」を「校友会雑誌」に発表。**3**妹・睦子病死。第一高等学校を卒業。**4**東京帝国大学文学部国文学科に入学。**10**このころから約一年、英国大使館駐在武官A・R・サッチャー海軍主計少佐の家庭教師となり日本語を教える。この年、本郷区

（現・文京区）西片町の第一・三陽館に移る。永井荷風、谷崎潤一郎のほぼ全作品を読む。ダンスや麻雀に熱中。

一九三一（昭和六）年　二二歳　この夏、江戸時代の天才棋士・天野宗歩の全棋譜を読む。秋より翌年春にかけて、上田敏全集、鷗外全集、子規全集などを読了。10市外駒沢町（現・世田谷区）上馬に移る。橋本たかを知る。

一九三二（昭和七）年　二三歳　3橋本たかと結婚。8旅順の叔父を頼って大連、京城などを旅行。秋、朝日新聞社の入社試験を受けるが、身体検査で不合格となる。

一九三三（昭和八）年　二四歳　3東京帝国大学国文学科を卒業。卒業論文は「耽美派の研究」。4同大学院に入学。研究課題は「森鷗外の研究」であった。横浜市中区の財団法人横浜高等女学校教諭となり、国語と英語を教える。妻・たか、郷里の愛知県碧海郡で長男・桓を出産。11妻子上京、目黒区緑ケ丘に移る。12妻子を入籍。

一九三四（昭和九）年　二五歳　3大学院を中退。5横浜高等女学校の同僚と乙女峠に登る。7「虎狩」を「中央公論」の懸賞に応募し、選外佳作となる。8同僚と尾瀬、奥日光に遊ぶ。9喘息発作のため、生命を危ぶまれる。

一九三五（昭和一〇）年　二六歳　**6**妻子と共に、横浜市中区本郷町に移る。**7**白馬岳に登る。**8**御殿場に一か月滞在。この年、ラテン語、ギリシア語を学ぶ。同僚らとパスカルの「パンセ」講読会を持つ。「列子」「荘子」なども愛読。

一九三六（昭和一一）年　二七歳　**3**小笠原へ旅行。**4**義母・コウ死去。**6**このころ三好四郎を介して深田久弥を訪問。**7**横浜高等女学校の校友会誌「学苑」の編集に携わる。**8**中国旅行に出発。三好四郎と上海で落ち合い、共に蘇州、杭州に遊ぶ。**10**関西への修学旅行に同行するが、喘息発作に苦しむ。**11**「狼疾記」を、**12**「かめれおん日記」を脱稿。

一九三七（昭和一二）年　二八歳　**1**長女・正子誕生（生後三日目に死亡）。**7**週二三時間の授業を受け持ち、また、教員同士で野球を楽しむ。**11**～**12**「和歌五百首」成る。「北方行」を脱稿。

一九三八（昭和一三）年　二九歳　草花づくり、音楽会、レコード鑑賞などを楽しむ。**8**志賀高原に遊ぶ。ハックスレイの「パスカル」を訳し終える。

一九三九（昭和一四）年　三〇歳　**1**「悟浄歎異」を脱稿。この年より、喘息の発作がはげしくなる。音楽、天文学に関心を寄せ、相撲の星取り表などを作る。ハックスレイの「スピノザの虫」を翻訳。

一九四〇（昭和一五）年　三一歳　1宝生流の能、歌舞伎などを見る。2次男・格誕生。夏よりスティーヴンスンを読む。この頃から、古代エジプト、アッシリアに関する文献を読む。また、「国家」をはじめとしてプラトンの全著作を読むようになる。喘息の発作のため、欠勤が多くなる。

一九四一（昭和一六）年　三二歳　1「ツシタラの死」脱稿。3横浜高等女学校を休職。4新学期から、校主・田沼勝之助の要請により、六七歳の父・田人が代って勤務。4〜5「山月記」を脱稿。毎週、作品を携えて深田久弥を訪問。6「わが西遊記」を執筆。パラオ南洋庁（当時、委任統治領だった南洋諸島の監督官庁）の国語編修書記に就職が内定。横浜高等女学校へ退職届を提出、パラオ島のパラオ南洋庁に赴任。8喘息、赤痢などに苦しむ。彫刻家で南方民俗研究家の土方久功を知る。9パラオ諸島各地へ出張旅行。11文部省より「（旧制）高等学校高等科教員無試験検定合格」の教員免許状（国語）を受ける。12「心臓性喘息ノタメ劇務ニ適セズ」と「内地勤務」の希望を申告する。

一九四二（昭和一七）年　三三歳　1土方久功とパラオ本島一周旅行。2「山月記」「文字禍」を「古譚」と題して「文学界」に発表。3出張のため帰京。喘息と肺炎に苦しみ、父・田人方で療養する。5「光と風と夢——五河荘日記抄」（「ツシタラの死」を改題）を「文学界」に発表。このころ、「悟浄出世」を書き上げる。6「子路」（のち「弟子」に改題）を脱稿。7「或る古代人の半生」（のちの「盈虚」）と「牛人」を「古俗」の名で「政界往来」に発表。第一創作集「光と風と夢」を筑摩書房より刊行。「光と風と夢」が芥川賞候補となるが、受賞に至らなかった。妻子を実家へ帰し、その間に、手稿やノート類を焼却。**8**「幸福」「夫婦」「雞」を執筆。南洋庁へ辞表を提出。**9**「過去帳」二篇、「南島譚」三篇などをまとめ、今日の問題社に渡す。辞表受理され、本官を免ぜられる。**10**文学座公演の真船豊「鶉」を見る。同月中旬より喘息の発作が続き、心臓が衰弱。月末、「李陵」を執筆。**11**第二創作集「南島譚」を今日の問題社より刊行。中旬、世田谷区世田谷の岡田医院に入院。**12**「名人伝」を「文庫」一二月号に発表。**12・4**喘息のため死去。

（編集部）

ちくま文庫

教科書《きょうかしょ》で読《よ》む名作《めいさく》
山月記《さんげつき》・名人伝《めいじんでん》ほか

二〇一六年十二月 十 日 第一刷発行
二〇二四年 四 月 五 日 第三刷発行

著　者　中島敦（なかじま・あつし）
発行者　喜入冬子
発行所　株式会社 筑摩書房
東京都台東区蔵前二―五―三 〒一一一―八七五五
電話番号 〇三―五六八七―二六〇一（代表）

装幀者　安野光雅
印刷所　TOPPAN株式会社
製本所　加藤製本株式会社

ISBN978-4-480-43412-8 C0193